石田町方面
クヌギ林
天神山
谷川
段々畑
十字路
西の尾根
空き地
保の家
天神小
天満宮
かおりのアパート
天神商店街
省吾の家
天神東町
北
南

秘密《ひみつ》基地《きち》のつくりかた教えます

那須正幹・作
黒須高嶺・絵

ポプラ社

秘密《ひみつ》基地《きち》のつくりかた教えます

もくじ

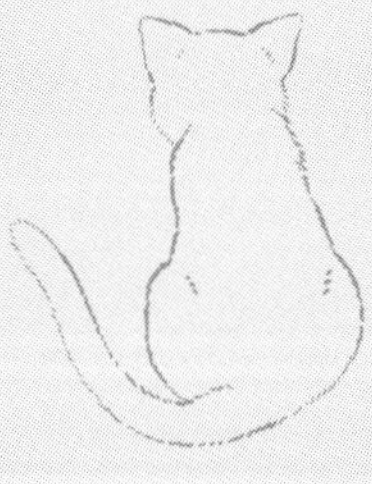
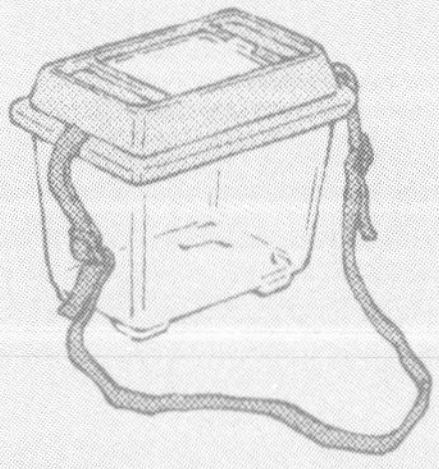
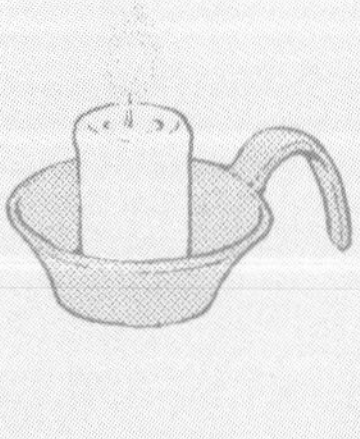
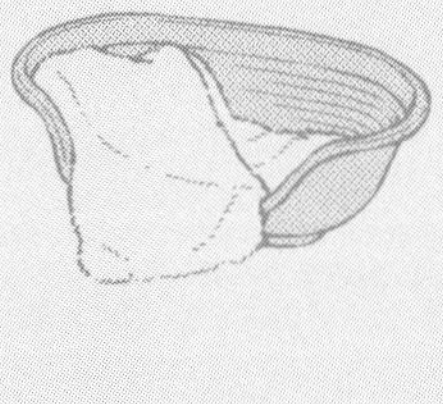
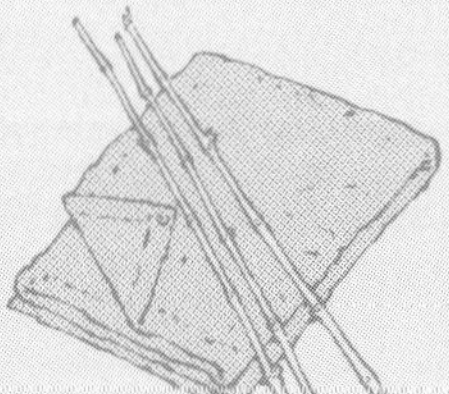

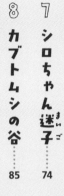

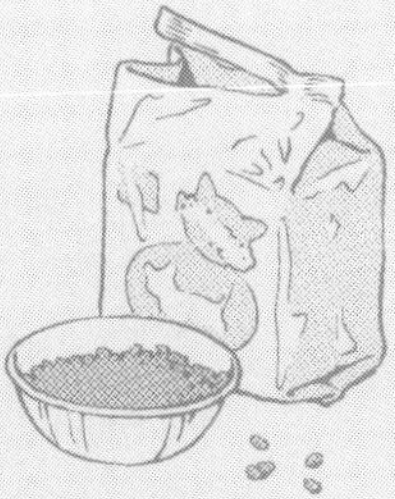

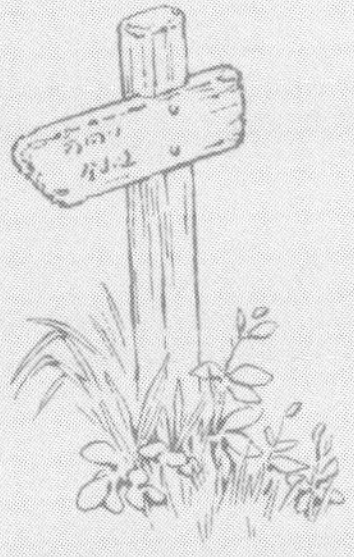

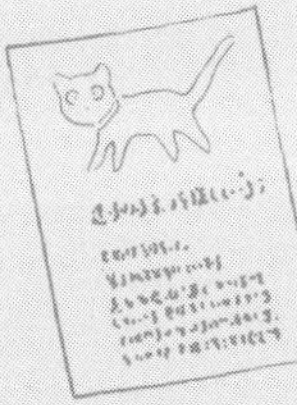

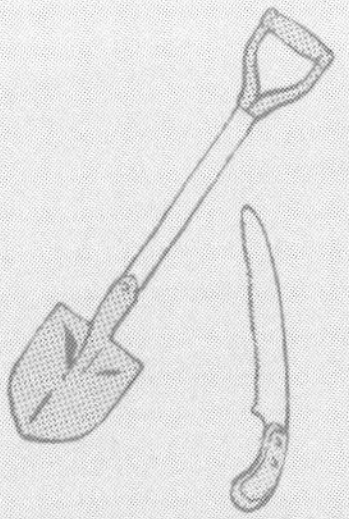

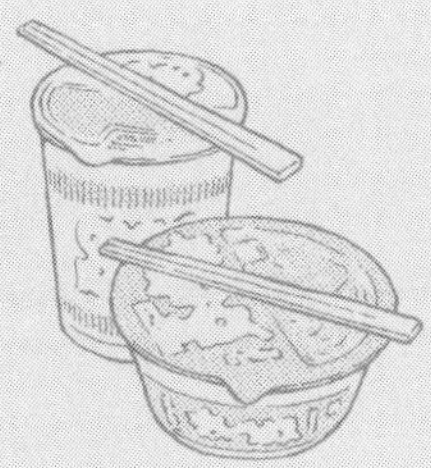

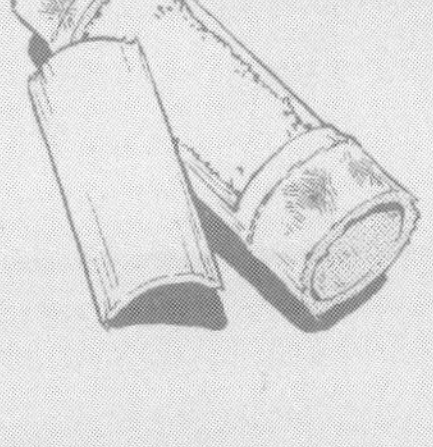

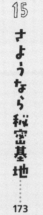

1 省吾《しょうご》のいいところ

肩《かた》をたたかれたのは、校門を出たところだった。

「森《もり》田《た》、いっしょに帰ろう」

たたいた手が、そのまま首に回されたと思ったら、すぐそばに倉橋省吾《くらはししょうご》のいかつい顔があった。

「あ、ええと。ぼくの家は西町《にしまち》だけど」

「そんなこと、知ってるよ」

省吾はすました顔で答えると、保《たもつ》の肩に腕《うで》を回したまま、歩きだした。大柄《おおがら》な省吾に肩を組まれると、小柄《こがら》な保は歩きにくい。

「だけどさあ。倉橋くんの家って、商店街なんじゃないの」

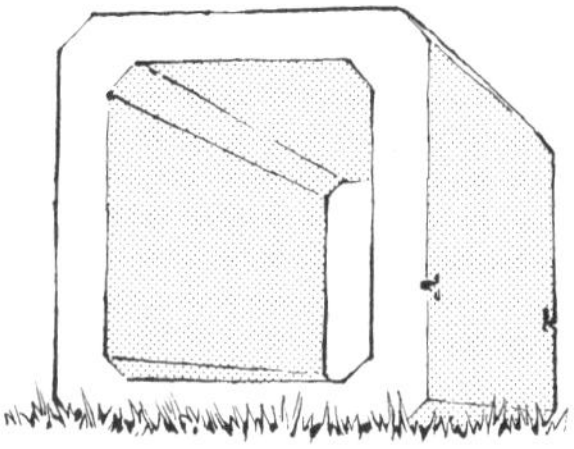

「いいから、いいから。今日《きょう》は、ちょっと寄《よ》り道《みち》」

省吾《しょうご》は、保《たもつ》の言葉なんて、てんで気にする様子もない。そして、べつなことをたずねてきた。

「ゴールデンウィーク、どっかに遊びに行ったのか」

「どこにも行かない。家で兄ちゃんとゲームしてた」

「そうか。おまえ、兄ちゃんがいるんだよなあ。六年だっけ」

うなずきながら、保は心の中では首をかしげていた。

倉橋《くらはし》省吾とは、これまで口をきいたこともない。一年の時からクラスもちがうし、家もはなれている。省吾の家は、天神《てんじん》商店街の中ほどにあるブティックだということは知っている。省吾にはお父さんがいない。お店はお母さんが経営《けいえい》していて、結構《けっこう》はやっている。ということも母さんから聞いたことがあるけれど、保自身は、店にはいったこともない。

もっとも天神小学校の四年生はクラスが一組と二組しかないから、全員の顔と名前くらいは、だいたい覚えてしまう。省吾《しょうご》の噂《うわさ》は、二組の子どもから聞いていた。体がでかいし、乱暴《らんぼう》で、気に入らないことがあると、すぐに暴力《ぼうりょく》をふるうというのだ。だから、クラスにもあまり友だちがいない。

と、まあ、そんな噂だ。そんな倉橋《くらはし》省吾から、突如《とつじょ》いっしょに帰ろうと言われても困《こま》ってしまう。

「おれの家は商売してるだろ。ゴールデンウィークも店開けてるから、どこにもつれてってもらえないんだ。だから、毎日探検《たんけん》してたんだ」

「タンケン……」

「そう、町の中をあちこち探検してたってわけ。おまえんちのほうにも出かけたんだぜ。そいでさあ、すごくいいところ見つけてさあ」

省吾はようやく保《たもつ》の肩《かた》から腕《うで》をほどくと、ゆっくりとあたりを見回した。それからいくぶん声を低くした。

「それに、もっといいもの見つけたんだ。今から行ってみようぜ」

省吾《しょうご》がわざわざ保《たもつ》といっしょに帰ろうと言いだしたのは、どうやらそれが理由らしい。

「いいとこって、どこなの。それに、もっといいものってなんだい」

保が質問《しつもん》すると、省吾はにやにや笑いながら、

「おまえんちの近くなんだ。ま、行けばわかるさ」と、答えると、先に立って歩きだした。

保の住んでいる天神西町《てんじんにしまち》は、天神山の西の尾根筋《おねすじ》のふもとにひろがる住宅地《じゅうたくち》だ。住宅地の中を何本もの道路が走っている。省吾は山すそに沿《そ》った道路をずんずん歩いていく。保の家も、この道をもう少し歩いたところにあるから、省吾の言う、いいところというのは、なるほど保の家の近くなのかもしれない。

ふいに省吾が立ち止まって、保をふりかえった。

「ついたぞ」

あたりを見回したが、いいところなんてどこにもない。左手は住宅地がひろが

り、右手は山を切《き》り崩《くず》した空き地の奥《おく》に、コンクリートの四角いパイプや丸いパイプが積みあげられている。土木工事の資材《しざい》置き場なのだ。

省吾《しょうご》は、素早《すばや》くあたりを見回した。それから無言で保を手招《てまね》きしてから、ゆっくりと空き地の中にはいっていった。空き地は短い雑草《ざっそう》でおおわれていて、歩きにくい。省吾は雑草を足でけとばすようにしながら、ずんずん進んでいく。そしてコンクリートのパイプのそばまでやってきた。そばで見ると、どれもこれも大きい。省吾や保なら、立ってくぐりぬけられるくらいだ。省吾は一番奥《おく》まで行くと、山際《やまぎわ》の四角いパイプをのぞきこむ。

省吾が、突如《とつじょ》、聞いたこともないようなやさしい声をあげた。

「シロちゃん、シロちゃん……」

すると、パイプの中から「みゃー」と、鳴き声が聞こえた。ネコ、それも生まれて間もない子ネコの声だということは、保にもすぐにわかった。

少しすると、パイプの中から一匹《ぴき》の子ネコが出てきて、省吾の足に体をすりす

りしはじめた。

「シロちゃん、さみしかったね。よしよし」

省吾《しょうご》がネコを抱《だ》きあげる。そして保《たもつ》の鼻先につきだした。

「な、かわいいだろう。シロちゃんていうんだ」

省吾の目が両側にたれさがり、口もともしまりがなくなっている。

「倉橋《くらはし》くんの言ってた、いいところって、ここのこと。そいで、いいものって、そのネコのことなんだ」

「ゴールデンウィークに、この空き地

を探検《たんけん》してた時に、見つけたんだ。あんまりかわいいからさあ、家につれて帰ろうかと思ったけど、うち、商売してるだろ。動物飼《か》えないんだよなあ。だから、ここで飼うことにしたんだけど……」

そこで、省吾《しょうご》はちらりと保《たもつ》の顔を見た。

「おれ、ネコ飼ったことがなくて、なに食べさせたらいいか、わかんないんだ。おまえんちは、ネコがいるって聞いたからさ」

なるほど、省吾がなぜ、これまで友だちでもなかった保に声をかけてきたのか、そして、ここまでやってきたのか、すべての謎《なぞ》がとけた。

省吾は、子ネコを保におしつけると、ランドセルをおろし、中からパンのかけらと、牛乳《ぎゅうにゅう》パックを取り出した。どうやら給食の残りらしい。

保にネコを預けたまま、省吾はそそくさとパイプの中にはいっていく。やがて小さなアルミのボウルを抱《かか》えて戻《もど》ってきた。ボウルを地面に置くと、まずは牛乳を入れて、細かく砕《くだ》いたパンのかけらを牛乳の上に落とした。

「それ、ネコのえさなの」

保《たもつ》がたずねると、省吾《しょうご》がこっくりうなずいた。

「休みのあいだは、朝と夕方、やってたんだけど。学校がはじまったろ。ほんとは、学校に行く前に、よりたいんだけど、おれ、寝坊助《ねぼすけ》だから」

子ネコは、そばに置かれたボウルに首をつっこんで、勢《いきお》いよく食べはじめていた。体の大きさからして、今年の春に生まれたネコだろう。長いしっぽの先まで、真っ白なふわふわ毛におおわれ、青い目をしている。省吾でなくても飼《か》いたくなるにちがいない。でも……。

「あのね、子ネコに牛乳《ぎゅうにゅう》を飲ませないほうがいいんだって」

保が言うと、省吾はびっくりしたように顔をあげて、保を見上げた。

「ほんとか」

「うん、うちの母さんが言ってた。子ネコ用のキャットフードがあるんだ。それときれいな水を飲ませるの。うちでは、そうしてるよ」

「それに、いくら暖《あたた》かいっていっても、まだ、寒い日もあるだろう。子ネコって、すぐに病気になるんだよ。寝床《ねどこ》なんか用意してるの」

「そうか。そうだよなあ」

省吾《しょうご》が、とほうにくれたような顔つきで、あたりを見回す。省吾の顔を見ていると、保《たもつ》は、ちょっとかわいそうな気がしてきた。

「うちに子ネコ用のフードがあるから、持ってこようか。それから寝床もあるから、それも持ってきてあげる」

つい、そんなことを言ってしまったのは、省吾というより、白ネコのためかもしれない。

とたんに、省吾が顔を輝《かがや》かせた。

「ほんとか」

「うん、ちょっと待っていてね。すぐに持ってくるから」

保は、そう言いおいて道路のほうにかけだした。

保《たもつ》の家にも、ネコがいる。去年の夏に近所の人からもらってきた雌《めす》ネコだ。ごく普通《ふつう》のトラネコだが、耳が大きいのでミミという名前をつけた。そのミミが、今年の春、四匹《ひき》の赤ちゃんを産んだ。三匹は、乳《ちち》ばなれしたのちに、あちこちもらい手をさがして引き取ってもらい、ネネというキジネコの雄《おす》が残っている。シロちゃんも、ネネと同じくらいの大きさだから、まだまだ子ネコ用のフードを食べさせたほうがいいだろう。

保が空き地に戻《もど》ったのは、二十分くらいたってからだ。ネネのために買ってあったフードを小分けしたり、子ネコが生まれたときに使っていたベッドをさがしだすのにてまどったのだ。

省吾《しょうご》はコンクリートパイプの中に座《すわ》りこんで、子ネコと遊んでいた。

「倉橋《くらはし》くん、持ってきたよ」

保が持ってきたベッドをつきだすと、省吾はうれしそうに両手で受け取った。

プラスチックのかごの中に毛足の長い毛布《もうふ》がしきつめられている。

「ああ、これなら風邪《かぜ》ひかないよなあ」

省吾《しょうご》が早速子ネコをかごの中に入れる。しかし、子ネコはすぐに飛び出した。そして、かごの周りをぐるぐる回りながら、においをかぎはじめた。もしかすると、保《たもつ》の家のネコのにおいがしみついているので、警戒《けいかい》しているのかもしれない。

「ええと、これが子ネコ用のキャットフードね。それから、きれいな飲み水もいると思って……」

保がペットボトルと、小さな入れ物を

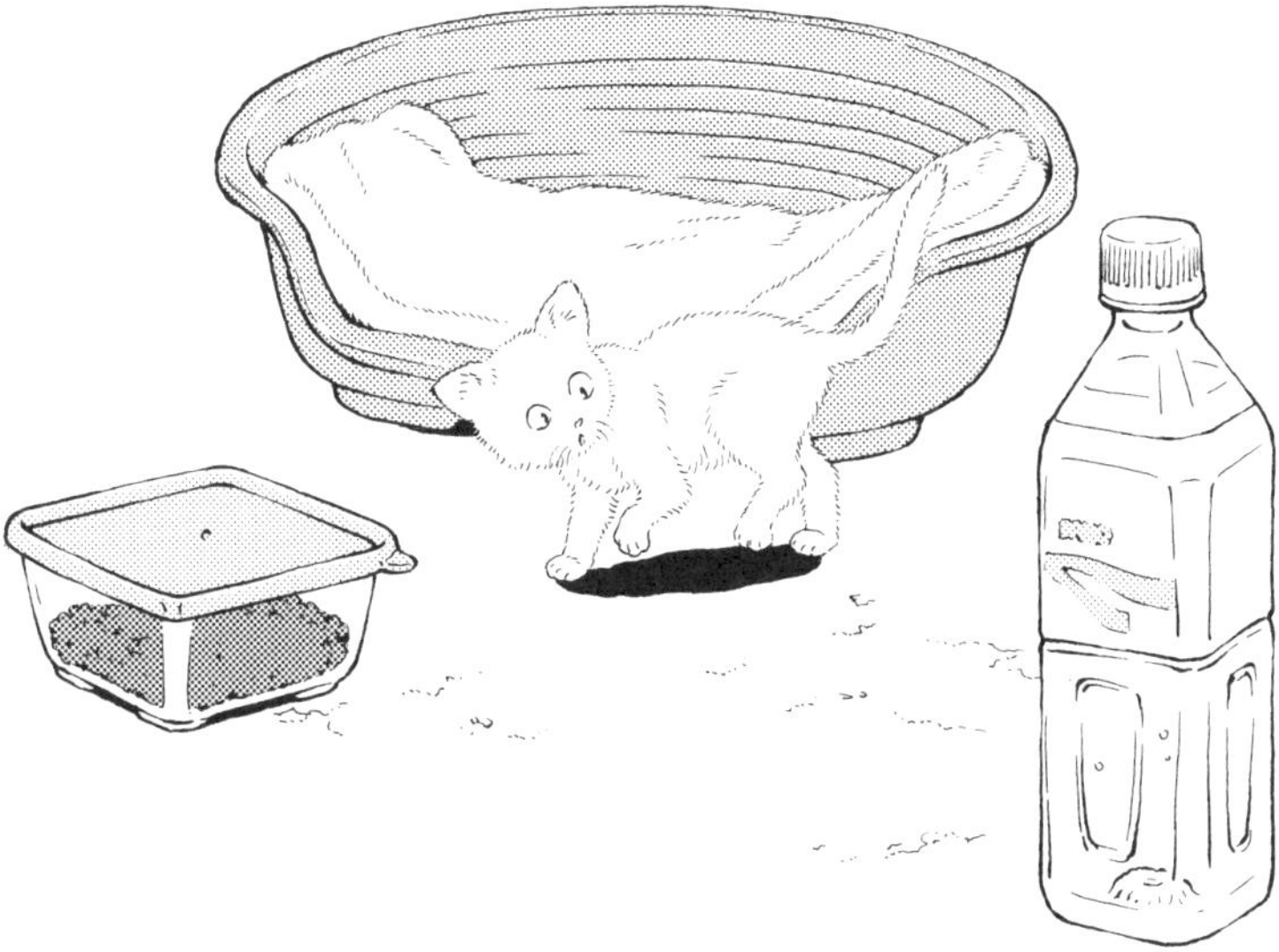

さしだすと、省吾《しょうご》はぺこりとお辞儀《じぎ》した。

「タモちゃん、こんなにいっぱい持ってきてもらって、すまない。ありがとう」

保《たもつ》は友だちから、タモちゃんと呼《よ》ばれている。でも、それはごくごく親しい連中からだ。省吾とは、ついさっき言葉を交わしはじめたわけだから、まだ、友だちといえるかどうか。でも、そんなに悪い気はしなかった。

2 キャンプ計画

次の日、保《たもつ》はいつもより早く家を出た。学校の行きがけに資材《しざい》置き場によって、子ネコに水とエサをやることにしたのだ。

子ネコは、昨日《きのう》と同じ四角いコンクリートパイプの中にいたし、保の持っていったベッドの中で寝《ね》たらしい。

食べ残しのキャットフードを捨《す》てて、新しいフードにかえてやると、子ネコは夢中になって食べはじめた。ついでに、水も新しいのにかえてやった。

子ネコの世話がすんだので、学校に向かった。道路に出ると、通学の子どもたちが、道の右側を一列になって歩いている。保もその列に加わった。

四年一組の教室にはいろうとすると、後ろから声がした。ふりかえるととなり

の二組の入り口に倉橋省吾《くらはししょうご》が立っていた。そして、保《たもつ》のそばにかけよってきた。

「シロちゃん、どうだった」

「元気だったよ。新しいエサもしっかり食べてたな。ベッドも気に入ったみたい」

省吾がニコニコ笑いながら、保の肩《かた》をたたいた。

「シロちゃんの面倒《めんどう》みさせてわるいなあ」

「学校に行く途中《とちゅう》だから、なんてことないさ」

保が笑い返すと、省吾は、ぺこりとお辞儀《じぎ》をした。二組の子どもたちが、不思議そうな顔をしながら、保たちのそばをすり抜《ぬ》けていく。


放課後、いったん家に戻《もど》ってから、キャットフードや水を用意して、資材《しざい》置き場に向かう。パイプの中をのぞいたが、子ネコの姿《すがた》がない。パイプの外に出て、あたりを見回したが、ネコはどこにもいない。不安になって、ネコの名前を呼《よ》んでみた。

すると、山際《やまぎわ》のしげみの中から声が返ってきて、真っ白なネコが、斜面《しゃめん》を転がるようにかけおりてきた。抱《だ》き上《あ》げると、ミャー、ミャーあまえた声をあげて頭をすりよせてくる。

「シロちゃん、あんまり遠くに行くなよ。迷子《まいご》になるぞ」

ネコのエサをかえ終わったころ、省吾《しょうご》が自転車に乗って現《あらわ》れた。

「わりい、わりい。スーパーで、子ネコ用のエサ、買ってたんだ。これでいいよなあ」

省吾が荷かごからキャットフードの大きな袋《ふくろ》をひっぱりだしてきた。

「それでいいよ。でも、エサならぼくの家にもあるのに」

「タモちゃんばかり、面倒《めんどう》みさせちゃあ、わるいもの。エサくらいはおれが用意するよ」

キャットフードの袋を地面に置くと、省吾は早速シロちゃんを抱き上げて、ほおずりしはじめた。

子ネコの世話をはじめてから、保《たもつ》の生活が少し変わった。朝は三十分早く家を飛び出して、子ネコに朝ごはんを食べさせる。放課後は、これまた省吾《しょうご》と資材《しざい》置き場で落ち合って、夕方まで子ネコと遊ぶのだ。

子ネコは日増《ひま》しに大きくなり、歩き方もしっかりしてきた。それはいいのだけれど、ときどき資材置き場を出て、住宅地《じゅうたくち》のほうまで遊びに行くようになった。

放課後、保や省吾が資材置き場に行くと、子ネコの姿《すがた》が見えない。空き地の中をさがしまわっていると、ふいに子ネコの声がして、空き地の外から白ネコがとことこ帰ってくる。そんなことが何度かあった。

「タモちゃんちのネコも、遠くまで遊びに行くのか」

子ネコを抱《だ》き上《あ》げた省吾が保をふりかえった。

「うちのネネも、昼間は外遊びしてるみたいだけど、でも、いつも親ネコにくっついてるなあ」

「そうか、お母さんがそばにいればだいじょうぶだな。シロちゃんは、親がいないから、あんまり遠くに行くと、迷子《まいご》になるかも……」

省吾《しょうご》が心配そうにあたりを見回す。

「だいじょうぶだよ。うちのネコだって、夜になるとちゃんと帰ってくるもの。母子で、ぼくの布団《ふとん》の上で寝《ね》るよ」

「タモちゃん、ネコといっしょに寝てるんだ」

それからため息を一つついた。

「ああ、おれもシロちゃんと暮《く》らしたいなあ。おれ、一度でいいからシロちゃんを抱《だ》いて寝たいんだ」

省吾の気持ちは、よくわかる。保《たもつ》だって、去年、ミミがもらわれてきたときは、毎晩《まいばん》のように子ネコを抱いて寝たものだ。もっともそのうち、ネコのほうが嫌《いや》がって、布団からはいだし、かけ布団のすそのほうに丸くなって寝るようになったが。

保《たもつ》は、まわりのコンクリートパイプを見回した。

コンクリートパイプは長さが五メートルはあるだろう。しかも、幅《はば》が一・五メートル、高さもそれくらいある。これなら中で人間が十分寝泊《ねと》まりできる。

「省《しょう》ちゃん、今度の土曜日、ここに泊まりにこようか」

保が言うと、省吾《しょうご》は最初けげんな顔つきで、保の顔を見つめていたが、すぐに顔を輝《かがや》かせはじめた。

「そうか、ここなら、泊まれないことないよな。うん、うん、毛布《もうふ》かなにか持ってくればいいいんだ」

省吾もすぐにその気になったらしい。

「ついでに、ここで夕飯も作ろうぜ。お湯があれば、即席《そくせき》ラーメンくらい作れるだろう」

話しはじめると素敵《すてき》な計画のような気がしてきた。

「ええと、まず寝床《ねどこ》だな。下にしくカーペットなら、うちにあるからよ。かけ布《ぶ》団《とん》は、毛布《もうふ》でいいな。それから、ラーメンとお湯を沸《わ》かす携帯《けいたい》コンロ」

「懐中電灯《かいちゅうでんとう》やろうそくもあったほうがいいね。ああ、それに両方の出入り口にカーテンをつるしたら、中の明かりが外にもれないと思う」

ふたりで、いろんなアイデアを出しあった。

「これって、キャンプだよなあ。シロちゃんとキャンプできるなんて、最高だな」

省吾《しょうご》が満足そうに言った。


家に帰ると、徹《とおる》兄ちゃんが、居間《いま》のソファーに寝転《ねころ》んでいた。今日《きょう》は塾《じゅく》の日だから、この時間、徹兄ちゃんは塾に出かけているはずだ。

「兄ちゃん、塾はどうしたの」

「坂本《さかもと》先生の都合で、土曜日の午後になったんだ。だから今週はお休み」

徹兄ちゃんは、坂本という大学生の塾に通っている。もっとも塾といっても先生のアパートで、生徒も五人しかやってこない。人数が少ないから丁寧《ていねい》に教えてくれるということから、母さんもお気に入りで、徹兄ちゃんは、五年生の時から通い続けているのだ。

兄ちゃんが、急に探《さぐ》るような目で保《たもつ》を見つめた。

「そりゃあ、そうと、おまえ、このごろ、なにこそこそやってんだ」

「こそこそなんて、してないよ」

「へっ、しらばっくれるな。家から、キャットフード持ち出してるだろう。そいで毎朝学校に行く前に、このさきの資材《しざい》置き場にもぐりこんでるだろう。兄ちゃん、ちゃんと知ってるんだからな」

登校時間を早くしているのは、朝礼前に少しでも長く遊びたいからだと、母さんには、そう言《い》い訳《わけ》しているけれど、兄ちゃんには、通用しなかったらしい。もしかすると子ネコの世話を終えて、資材置き場から出てくるところを見られていたのかも。

保がだまっていると、兄ちゃんは、ゆっくりとソファーから起き上がった。

「兄ちゃんの推理《すいり》を聞かせてやろうか。おまえ、あそこで野良《のら》ネコを飼《か》ってるん

だろう。そいで、こっそりネネのエサを持ち出してるんだろう」

「もう、キャットフード持ち出してないもの」

思わず言うと、兄ちゃんはまたもニヤリと笑った。

「ふうん、もういってことは、前は持ち出してたってことだな。でも、今は倉《くら》橋《はし》がエサ係になったたってわけだ」

兄ちゃんの口から省吾《しょうご》の名前が飛び出したから、びっくりした。

「どうして省《しょう》ちゃんのこと知ってるの」

「おまえなあ。おまえと倉橋が毎日資《し》

材《ざい》置き場に出かけてることくらい、すぐにわかるさ。学校の帰りに、おまえらの自転車が空き地の中に置いてあるの、見て通ってるんだぜ」

自転車を空き地の入り口にとめておいたのは、まずかった。兄ちゃんも毎日のようにあの道を通っているのだ。

「で、どんなネコ飼《か》ってるんだ。まだ、子ネコなんだろう」

兄ちゃんが、保《たもつ》の顔をのぞきこむようにした。

ここまで知られてしまっては、どうしようもない。保は、こっくりうなずいて見せた。

3 もう一人のお世話係

翌朝《よくあさ》、保《たもつ》はいつものように早めに家を出た。

外は雨が降《ふ》っていた。おまけに保のそばには徹《とおる》兄ちゃんがくっついている。兄ちゃんも、子ネコを見たいと言いだしたのだ。そのかわり、ネコのことは母さんや父さんにないしょにしてやると、言う。

資材《しざい》置き場にはいると、雨にぬれた雑草《ざっそう》が足にまといつき、靴《くつ》も靴下《くつした》もびしょぬれになってしまった。

一番奥《おく》の四角いパイプのそばまで行って、中をのぞきこむと、シロちゃんが飛び出してきた。保より先に、兄ちゃんが子ネコを抱《だ》き上《あ》げた。

「へえ、うちのネネと同じくらいだな」

兄ちゃんは、両手でシロちゃんの体を持ち上げて、おなかのあたりをじろじろながめる。

「雄《おす》ネコだな」

「兄ちゃん、わかるの」

「そりゃあわかるさ」

今度は両手の中に抱《だ》っこして、のどのあたりをさすりはじめた。シロちゃんが目をつむってのどを鳴らしはじめた。

「このネコ、どこかの飼《か》いネコかもしれないぜ」

兄ちゃんが保《たも》つをふりかえる。

「野良《のら》ネコなら、人間になれないもの」

「まだ子どもだからじゃないの」

「最初から野良だったら、人間のこと、警戒《けいかい》するんだ。たぶん、このネコは人間の家で生まれたんだ。そいで、最初は人間の家で育てられてたんじゃないの。このネコ、おまえたちが見つけたとき、もう歩いてたんだろう」

「わかんない。省《しょう》ちゃんが見つけたんだ」

「案外、この近くの家の飼《か》いネコかもしれないぞ」

兄ちゃんが、背後《はいご》の住宅地《じゅうたくち》をふりかえる。

シロちゃんは、最初から省吾《しょうご》になついていたようだから、兄ちゃんの言うとおりかもしれない。

「ま、どっちにしても、今はおまえたちが面倒《めんどう》みてるんだから、関係ないか」

兄ちゃんが、子ネコを地面におろす。

保《たもつ》は、パイプの奥《おく》のキャットフードの包みから、エサを取り出して、ボウルに入れてやった。シロちゃんがボウルの中に首をつっこんで夢中でエサを食べはじめた。

兄ちゃんの後ろにくっついて歩きながら、保は考えていた。省吾に兄ちゃんのことを話したほうがいいかどうか。

シロちゃんのことは、二人だけの秘密《ひみつ》にすると、約束したわけじゃないけれど、徹兄《とおる》ちゃんに打ち明けたことがわかったら、省吾《しょうご》は気を悪くするんじゃないだろうか。まさかと思うが、暴力《ぼうりょく》をふるう可能性《かのうせい》もないことはない。

徹兄ちゃんも、シロちゃんのことを気に入ったみたいだ。もしかすると、これからもシロちゃんの様子を見にやってくるかもしれない。朝の登校時間なら省吾とかち合うことはないかもしれないが、ひょっとして、放課後も資材《しざい》置き場に顔を出したりすれば、まずいことになる。

やっぱり徹兄ちゃんのことを正直《しょうじき》に話しておこう。

そう決心したとき、保《たもつ》たちは校門の前に到着《とうちゃく》していた。

二組の教室をのぞくと、省吾が友だちと話しているのが見えた。

「倉橋《くらはし》くーん」、保が呼《よ》ぶと、省吾はすぐさまこちらに走ってきた。

「どうした。シロちゃんになにかあったのか」

「あ、いや、シロちゃんは元気だったけど……。ちょっとまずいことがあってね。うちの兄ちゃんにばれちゃってさあ。今朝《けさ》、資材《しざい》置き場にくっついてきたんだ」

そっと省吾《しょうご》の顔を見たが、べつに機嫌《きげん》を悪くした様子はなかった。

「そうか、兄貴《あにき》に見つかっちまったのか」

そこで、軽くため息をついた。

「ごめん……」

保《たもつ》が頭を下げると、省吾は首をふった。

「べつにあやまることないさ。じつは、おれもシロちゃんのこと、クラスのやつにばらしちまったから。ほら、おまえんちの近くに住んでる水島《みずしま》かおり。このあいだの日曜に、おれたちが空き地でシロちゃんと遊んでるところを見られたらしいんだな。そいで、しつこく聞くから……。空き地につれてってくれって言うから……」

水島かおりなら小さい時から知っている。今は省吾と同じ二組だが、幼稚園《ようちえん》もいっしょだ。一、二年のとき同じクラスだったし、家も同じ天神西町《てんじんにしまち》のアパートだ。

「あいつもネコが好きなんだって。でもアパートだから飼《か》えないいんだ。おまえさえよかったら、仲間に入れてやってもいいかなって思ったんだけど」

省吾《しょうご》がちょっときまりわるげに言った。

「水島《みずしま》ならかまわないんじゃないの。家も近くだから。でも、友だちにはしゃべらないように、注意しといたほうがいいよ。大勢《おおぜい》でやってこられると、目立つもの」

「そうだな。今度の土曜日、あそこに泊《と》まることは、絶対《ぜったい》に秘密《ひみつ》にしとこうぜ」

放課後になると雨がやんで、薄日《うすび》がさしはじめた。いつものように自転車をとばして資材《しざい》置き場に行くと、省吾の自転車のそばにピンク色の自転車がとまっていた。

山際《やまぎわ》のコンクリートパイプのそばにT《ティー》シャツの女の子が立っていた。水島かおりだということは、ショートボブの髪形《かみがた》ですぐにわかった。かおりがパイプの中をのぞきこみながら、なにかしゃべっている。やがてパイプの中からシロちゃんを抱《だ》いた省吾《しょうご》が現《あらわ》れた。

保《たもつ》がそばに近づくと、二人がいっしょにふりむいた。

「タモちゃんたち、ここでネコ飼《か》ってたんだ」

先に口を開いたのはかおりだった。

「あたし、前からおかしいなって見てたんだもの」

そこで今度は省吾のほうをふりかえった。そして省吾の腕《うで》の中から子ネコを抱《だ》き上《あ》げて、ほおずりをはじめた。

「シロちゃん、今日《きょう》は雨が降《ふ》ってたから、ずっとこの中にいたみたいだぜ。雨が嫌《きら》いなんだな」

省吾が保に報告《ほうこく》した。

「ネコは、雨が嫌いなんだよ。水にぬれるのがいやなんじゃないの」

そんなことを言いながら、保《たもつ》は、ちょっとつまんない気分だった。かおりのことは、省吾《しょうご》から聞いていたけれど、まさか二人だけで、先に来てるとは思っていなかったからだ。

「このネコ、タモちゃんちのネネちゃんと同い年じゃないの」

ネコを抱《だ》きながら、かおりが保をふりかえる。

「たぶん、今年の春生まれたんだろうな。雄《おす》だって。兄ちゃんが言ってた」

「あら、雄なの。困《こま》ったなあ。あたし、白いネコだって聞いたから……」

話しながら、かおりは子ネコをそっと地面におろして、ポケットの中からなにか取り出した。布製《ぬのせい》の赤い首輪だった。かおりは、首輪を子ネコの首に巻《ま》きつける。子ネコはいやいやするように首を左右にふりはじめたが、かおりは片手《かたて》でネコの体を抱くようにして、なんとか首輪をはめた。

「雄ネコが、赤い首輪してても、べつにおかしくないいんじゃないのか。うん、これならシロちゃんのこと、だれも野良《のら》ネコだって思わないぜ」

省吾《しょうご》がうれしそうに言った。
かおりは、翌朝《よくあさ》から保《たもつ》の家にやってくるようになった。もちろんシロちゃんの世話をするためだ。
シロちゃんは、早起きだ。保たちが資材《しざい》置き場にやってくるころには、どこかに遊びに出かけていることが多い。
呼《よ》べばどこからともなく姿《すがた》を現《あらわ》し、保たちのそばにかけてくるのだけれど、いくら呼んでも帰ってこない時があった。

その日も、シロちゃんは帰ってこなかった。

仕方がないので、パイプの中に朝ごはんを用意して、そのまま学校に行くことにした。

「シロちゃん、どこに行ったのかしら、迷子《まいご》になったんじゃないの」

かおりが、何度も後ろをふりかえるけれど、保《たもつ》はそれほど心配していなかった。

保の家のネネも、最近は母親のミミからはなれて、一人で遊びに出かけることが多い。一日中家にいないこともあるが、夕方になると必ず戻《もど》ってくる。

保には、シロちゃんのことより、もっと気がかりなことがあった。

今日《きょう》は金曜日だ。明日《あす》は省吾と二人で、資材《しざい》置き場でキャンプする約束になっている。でも、そのことはかおりには秘密《ひみつ》にしているのだ。

「ええとさあ。水島《みずしま》は、明日はどうするの。家族でどこかに出かけたりしないの」

それとなく聞いてみたが、かおりはにっこり笑って答えた。

「どこにも行かないわ。一日中シロちゃんと遊ぶ」

明日《あす》は省吾《しょうご》とキャンプの準備《じゅんび》をするつもりだ。家から毛布《もうふ》とか食器とか、持ち出して、資材《しざい》置き場に運ばなくてはならない。かおりのいる前で、そんなことをすれば、たちまち秘密《ひみつ》計画がばれてしまうにちがいない。

昼休み、保《たもつ》は省吾に相談してみた。

「水島《みずしま》は、明日《あした》は朝からシロちゃんと遊ぶって言ってるけど、どうする」

省吾が、目をむいた。

「明日はキャンプの準備《じゅんび》しなくちゃならないんだぞ。水島がそばにくっついてたら、ばれちゃうじゃないか」

「それからさあ、ぼくたちがあそこでキャンプすること、家にもないしょにするんだろ。省ちゃん、家の人になんて言うの」

「それならかんたんさ。おれ、タモちゃんちに泊《と》まりに行くって言うつもり。タモちゃんも、おれんちに泊まるって言えばいい」

「だいじょうぶかなあ。ぼくの母さん、省ちゃんちに電話するかも。子どもがお世話になりますって、お礼を言うかもしれないよ」

「だったら、こうしろよ。夕方から外で食事してるから家にはいないって、言っとけばいいのさ。おれはそう言うつもりだぜ」

なるほど、それなら母さんも省吾《しょうご》の家に電話しないかもしれない。

「とにかく、ぎりぎりまでだまってたほうがいいぞ。出かける前におれんちに泊《と》まることになったって言うんだ」

家のほうは、なんとかごまかせそうだが、問題はかおりだ。

省吾がため息をついた。

「仕方ないな。あいつには、キャンプのこと、話してやろう。そのかわり、秘密《ひみつ》をばらしたらシロちゃんと遊ばせないっておどかそうぜ」

4 準備オーケー

土曜日は朝から素敵《すてき》な天気になった。こんなのをキャンプ日和《びより》というのだろう。いつものように、シロの朝ごはんを用意するため、資材《しざい》置き場に出かけた。空き地の奥《おく》にピンク色の自転車がとまっていた。コンクリートパイプのそばに、しゃがみこんでいるかおりの後ろ姿《すがた》も見えた。自転車の音に気づいたのだろう。かおりがふりむいた。

「シロちゃん、ちゃんと戻《もど》ってたわ」

「昨日《きのう》の放課後、エサをやりに来たら、ちゃんと待ってたもの。あちこち遊びに出かけるけど、夜はここで寝《ね》泊《と》まりしてるんだと思うよ」

「エサと水はあたしがやってたからね」

かおりがシロちゃんを抱《だ》っこしたまま、立ち上がった。

「あのさあ、おまえ、今日《きょう》は一日中シロちゃんと遊ぶつもりなの」

「一日中ってわけじゃないけど、そうね、午前中は、ここでシロちゃんと遊ぶつもり。午後は、友だちが来ることになってるから来られないかもしれない。あ、だいじょうぶ。シロちゃんのことは、言わないからね」

保《たもつ》は、心の中で万歳《ばんざい》した。キャンプの準備《じゅんび》は午後になってするつもりだ。ということは、少なくとも、今日のあいだは、秘密《ひみつ》を話さなくてもよさそうだ。

シロちゃんの世話は、かおりにまかせて、保は家に戻《もど》り、早速省吾《しょうご》に電話した。

「そうか、よかったなあ。昼飯食べたら早いこと準備しようぜ」

省吾が、がぜん元気になった。

キャンプに必要な道具は、省吾と相談して、それぞれの分担《ぶんたん》を決めておいた。毛布《もうふ》は自分たちで運ぶこと。懐中電灯《かいちゅうでんとう》も各自で用意するが、ローソクは保の係だ。あとは食事だ。夕ご飯はカップラーメン、朝はパンと牛乳《ぎゅうにゅう》ということにしているので、これらの食料は、二人で買い出しに行くことにした。カップラーメンのお湯を沸《わ》かす携帯《けいたい》コンロは保《たもつ》が持っていく。そのかわり、省吾《しょうご》は床《ゆか》にしくカーペットと、パイプの両側にたらすカーテンを持ってくるという。

お昼ご飯を食べ終えると、保は急いで二階の子ども部屋《べや》にあがり、二段《だん》ベッドから毛布《もうふ》をひっぱりおろした。できるだけ小さくたたみ、ロープでしばった。肩《かた》にかついで階下に持っており る。キッチンをのぞくと、母さんはテレビのほうを向いたまま、電話でだれかとおしゃべりしていた。携帯コンロは、キッチンの収《しゅう》納庫《のうこ》にはいっているし、食器も流しの下の棚《たな》にはいっている。携帯コンロや食器は、あとから運ぶことにして、保は玄関《げんかん》を飛び出した。

資材《しざい》置き場に到着《とうちゃく》すると、省吾が自転車の荷台《にだい》からビニールシートをおろしていた。

「カーテンにする布《ぬの》が見つからなかったから、これにしたんだけど、いいか」

省吾がアニメのキャラクターのプリントされたシートを保の前につきだして見

せる。遠足の時、地面にしくやつだ。

「いいと思うよ」

答えながら、保《たもつ》も荷台《にだい》から毛布《もうふ》をおろして、パイプの中に持ちこもうとした。

「ちょい、待ち。先にカーペットしくから待ってな」

省吾《しょうご》が保をおしのけて、布製《ぬのせい》の絨毯《じゅうたん》をパイプの床《ゆか》にしきはじめた。保も手伝ったが、結構《けっこう》重い。なんとかパイプの床にひろげたが、両側にかなり余裕《よゆう》があった。

「これって、玄関《げんかん》なんかにしいてある絨毯じゃないの」

省吾にたずねると、これは自分の部屋《へや》の床にしいてあったのをたたんで持ってきたのだと答えた。子ども部屋に、こんな絨毯をしいてもらえるなんて、省吾の家はお金持ちなのだろう。それとも一人っ子だからだろうか。

絨毯をしき終わったので、今度はそれぞれの寝具《しんぐ》を持ちこんだ。

パイプの長さは四、五メートルくらいあるから、シロちゃんの寝床《ねどこ》も、十分確《かく》保《ほ》できる。あとは、両側の入り口にビニールシートをたらせば、今夜のねぐらは一応完成だ。

休む間もなく、それぞれ家に引き返した。

玄関《げんかん》のドアを開けたとたん、母さんの声がした。

「保《たもつ》、どこに行ってたのよ。あのね、母さん、これからお友だちとお出かけするから、お留守番《るすばん》しておいてくれる」

「ぼくもまた出かけるんだけど」

「そう。だったら戸締《とじ》まりはちゃんとしてね。兄ちゃんの塾《じゅく》は四時までだから、四時半には戻《もど》ってくると思うわよ。母さんも七時くらいには戻るつもり。二人で冷蔵庫《れいぞうこ》のプリン、食べたらいいわ」

母さんは、言うことだけ言うと、保の返事も待たずに飛び出していった。

必要な道具を自転車の荷台《にだい》に積《つ》んで、資材《しざい》置き場に引き返す。省吾《しょうご》はまだ来ていなかったので、携帯《けいたい》コンロややかんや食器、それにろうそく、懐中電灯《かいちゅうでんとう》などを壁《かべ》のすみに並《なら》べた。ろうそくはろうそく立てに立てた。

荷物を並べているあいだも、シロちゃんが足もとにすりよってくる。今日《きょう》は、あまりかまってやるひまがなかったので、さみしかったのかもしれない。抱《だ》き上《あ》げて耳の後ろをなでてやると、ゴロゴロのどを鳴らしはじめた。

自転車の音がして少しすると、入り口のカーテンをおしわけて、省吾《しょうご》が顔をつきだした。

「お、道具そろってるな。おれもいろいろ持ってきたぜ」

省吾はかついでいたリュックを床《ゆか》におろす。そしてそばに座《すわ》りこむと、リュックの中からいろいろ取り出した。自分用の食器のほかに懐中電灯《かいちゅうでんとう》、目覚まし時計やライターも持ってきていた。保《たもつ》もろうそくは持参していたが、ライターやマッチまでは頭が回らなかった。

最後に省吾がリュックの中から、缶《かん》ジュースを取り出した。

「こいつを飲んでから、食料の買い出しに行こう」

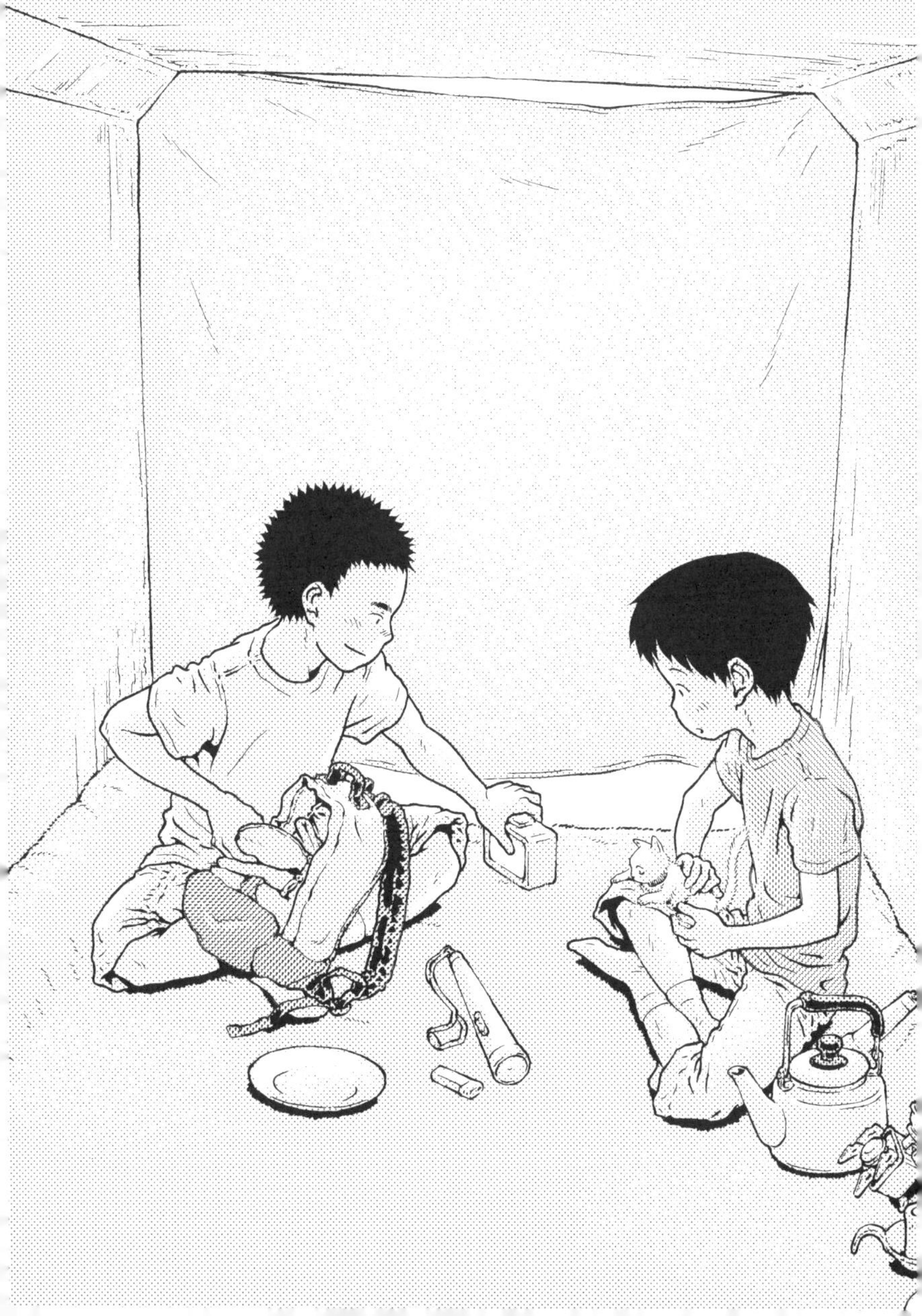

天神《てんじん》商店街のスーパーで、カップめんなどの食料品を買いこんで、資材《しざい》置き場に運びこむと、もう四時近くになっていた。

「それじゃあ六時に集合ってことでいいな。いいか、ここでキャンプすること、絶対《ぜったい》にばれないように、うまくごまかすんだぞ」

省吾《しょうご》が、じっと保《たもつ》の顔をみつめる。保は、無言でうなずいたが、心の中では、まだ心配だった。なにしろ一晩《ひとばん》家を空《あ》けるのだ。省吾の家に泊《と》まるという言《い》い訳《わけ》が、どこまで通用するか。

家に戻《もど》ると、だれもいなかった。父さんは朝早くからゴルフに出かけている。これはいつものことだし、家に帰るのはたいてい八時過ぎだ。母さんも、あの様子なら七時までは戻ってこないだろう。問題は兄ちゃんだ。

兄ちゃんに、今夜は省吾のところに泊まりに行くと言って、家を出るつもりだが、はたしてすんなり信用してくれるかどうか。

落ち着かない気分で留守番《るすばん》していると、ようやく兄ちゃんが塾《じゅく》から戻《もど》ってきた。いったん塾用のリュックを二階に持ってあがってから、すぐにおりてきた。そして、今気がついたようにあたりを見回す。

「おまえ一人なの。母ちゃんは……」

「友だちと遊びに行ったよ。冷蔵庫《れいぞうこ》のプリン食べなさいって」

兄ちゃんは、早速冷蔵庫を開いて、二つのカップを取り出してきた。

二人でプリンを食べていると、兄ちゃんが保《たもつ》の顔をのぞきこんだ。

「おまえ、ちょっと変だぞ。さっきから時計ばかり見てるじゃないか。だれかと約束でもしてるのか」

「う、うん。ぼく、今夜倉橋《くらはし》くんちに泊《と》まりに行くことになってるんだ」

「倉橋……」

兄ちゃんが、ちょっと首をかしげた。

「倉橋って、例のネコを飼《か》ってるやつだろ。あいつの家に泊まりに行くのか」

「そう、六時に倉橋《くらはし》くんの家に行って、そいでどこかのお店で夕ご飯をごちそうしてくれるんだって」

「ちょっとまずいんじゃないの。それまでに母さん帰ってこないかもしれないぞ」

「だから、兄ちゃんから母さんに言ってくれないかなあ」

「なんだ、おまえ、倉橋んちに泊《と》まるってこと、母さんには言ってないの」

「だって、急に決まったんだ。さっき資材《しざい》置き場で、省《しょう》ちゃんからさそわれたんだもの」

兄ちゃんが、プリンを食べるのをやめて、じっと保《たもつ》の顔をながめる。

「なんか、あやしいなあ」

「なにがあやしいんだよ」

「おまえ、倉橋と、そんなに仲良しだったのかよ。たまたまいっしょにネコを飼《か》いだしただけだろう」

「だから、シロちゃん飼いはじめて、仲良くなったんだ」

「ようするに、あのネコだよな」

兄ちゃんが、口を閉《と》じて、保《たもつ》の顔をじろじろ見つめる。保はつい、うつむいてしまった。

「さっき二階に上がったとき気がついたんだけど、おまえのベッドの毛布《もうふ》がなかったよな。あれ、どこに持って行ったの」

「あ、あれは……」

思わず顔を上げると、兄ちゃんがニヤリと笑った。

「おまえ、倉橋《くらはし》んちに泊《と》まるっていうの、うそだろう。資材《しざい》置き場のパイプの中で野宿《のじゅく》するつもりなんじゃないの」

5 資《し》材《ざい》置き場の夜

兄ちゃんの推理力《すいりりょく》にはまったく感心してしまう。さすが六年生だ。でも、感心ばかりしておれない。ここは、うそをつきとおすか、それとも兄ちゃんだけには、秘密《ひみつ》を打ち明けるか。保《たもつ》が迷《まよ》っていると、兄ちゃんのほうからこんな提案《ていあん》をしてきた。

「母さんや父さんには、だまっておいてやるからよ。だから、正直《しょうじき》に白状《はくじょう》しちまいな」

「ほんと」

「ああ、うまくごまかしてやるさ。おまえ、今夜は倉橋《くらはし》と、あそこに泊《と》まるつもりなんだろ」

思わずコックリ首をふってしまった。

「やっぱりなあ」

兄ちゃんは、満足そうにうなずいてみせる。

「で、準備《じゅんび》はちゃんとしているんだろうな。あそこのコンクリートパイプの中に野宿《のじゅく》するんだろう。夜中になると寒くなるぞ」

「だいじょうぶ。床《ゆか》に絨毯《じゅうたん》しいてるし、入り口にはカーテンつるしたから」

「食い物はどうするんだ」

「夕飯はカップめんで、朝はパンにする。ちゃんと携帯《けいたい》コンロ持って行ったから、もし、寒くなったらコンロの火で温まるよ」

「そうか。前から計画してたんだな。わかった。家のほうは、おれがなんとかごまかしてやるから、一晩《ひとばん》楽しんでこいよ」

それから、ちょっとうらやましそうな声をあげた。

「ちぇっ、おれもいっぺんパイプに野宿してみたいなあ」

それから思いついたように言った。

「つぎの時は、おれもいっしょに泊《と》まるからよ。わかったな」

まだ外は明るかったが、コンクリートパイプの中は暗い。懐中電灯《かいちゅうでんとう》の明かりをたよりに、携帯《けいたい》コンロでお湯を沸《わ》かしはじめた。シロちゃんはさっきから落ち着かない様子で、絨毯《じゅうたん》の毛をかきむしったり、入り口のカーテンのすそをおしわけて、出たり入ったりしている。

お湯が沸いたので、二人分のカップラーメンにそそぐ。これで夕食の準備《じゅんび》は整った。

省吾《しょうご》がろうそくに火をつけると、コンクリートパイプの中が明るくなった。

「それじゃあ、夕飯にしようぜ。あっそうか。シロちゃんのえさも用意しなくちゃあ」

省吾がいそいそとキャットフードの入れ物を自分の横に置いた。シロちゃんが待ってましたとばかり入れ物に首をつっこんだ。

カップラーメンなんて、いつも食べているのに、なんだかすごいごちそうを食べているような気がする。いつもは残してしまうスープも、みんな飲《の》み干《ほ》してしまった。

食後は、コンクリートの壁《かべ》によっかかって、ポテトチップスとチョコ菓子《がし》を食べた。

「ちぇっ、まだ八時だぜ。寝《ね》るのは早すぎるよなあ。ゲームでも持ってくればよかった」

省吾《しょうご》がため息をついた。学校の野外活動は、六年になってからだが、海岸の砂《すな》浜《はま》にテントを張《は》って、夜はキャンプファイヤーというたき火をするそうだ。

もっともこんなところでたき火なんかすれば、たちまち近所の家の人がやってくるにちがいない。

「することがないんだから、もう、寝ようよ。省ちゃん、シロちゃんと寝るんだろう」

「お、そうだ、そうだ。シロちゃん、抱《だ》っこして寝《ね》るのが目的だものなあ」

省吾《しょうご》が毛布《もうふ》をひっぱりだして、体にかける。それから、子ネコを呼《よ》んで抱っこした。

「へへ、こいつ、おれのことを親ネコとまちがってるんじゃないの。おっぱいをさがしてるぞ」

省吾がくすぐったそうに体をくねらせた。

「ぼく、ちょっとトイレに行ってくる」

省吾にことわって、パイプの外に出た。あたりは、もうすっかり夜になっていたが、意外に明るいし、いろんな音も聞こえる。そばの道路を走る自動車の音がしょっちゅう聞こえるし、遠くからは救急車のサイレンも混じる。道路の反対側の住宅地《じゅうたくち》の明かりが、空き地の奥《おく》まで届《とど》いて、懐中電灯《かいちゅうでんとう》がなくても歩くのに不自由しない。山すそまで行って、たまっていたおしっこをするとすっきりした。

ふと、見上げると、星がまたたいていた。星空をながめるのは、久《ひさ》しぶりだ。

ふいに白い筋《すじ》が夜空をかすめた。流れ星だ。

流れ星が見られるなんて思ってもみなかった。キャンプしてよかった。保《たもつ》はつくづくそう思ったものだ。

寝床《ねどこ》に戻《もど》ると、保は流れ星のことを省吾《しょうご》に報告《ほうこく》した。

「おれも、ちっとしょんべんしてくるかな」

省吾も起き上がって、おもてに出て

いった。

省吾《しょうご》が出ていくと、子ネコもいっしょに飛び出していった。ネコもトイレに行きたくなったのかもしれない。

保《たもつ》は、絨毯《じゅうたん》の上に寝転《ねころ》んで、暗い天井《てんじょう》をながめた。もう、そろそろ九時ごろだ。この時間になっても、だれもここにやってこないということは、計画は順調に進んでいるということだろう。

省吾がようやく戻《もど》ってきた。

「おれがしょんべんしてるあいだに、シロちゃんが行方不明《ゆくえふめい》になっちゃってさ。見つけるのに苦労したぜ」

暗闇《くらやみ》の中でシロちゃんの声がした。どうやら省吾はシロちゃんをしっかり抱《だ》っこしているようだ。

「流れ星見たかい」

保がたずねると、省吾はそんなひまはなかったと答えて、シロちゃんといっしょに毛布《もうふ》にもぐりこんだ。

目が覚めると、灰色《はいいろ》の天井《てんじょう》が見えた。少しのあいだ、自分がどこに寝《ね》ているのかわからなくて、ぼんやりしていた。顔を横に向けると、省吾《しょうご》の寝顔が見えた。

そうだ、二人で資材《しざい》置き場でキャンプしたんだ。ようやく気がついた。

入り口のシートをめくって外に出る。もうお日さまがのぼっている。たぶん七時過ぎだろう。

山際《やまぎわ》でおしっこをしていると、後ろからあくびまじりの声がした。

「あああ、昨夜《ゆうべ》はあんまり眠《ねむ》れなかったなあ。シロちゃんが、出たりはいったりするんだもの」

そう言いながら、省吾も保《たもつ》と並《なら》んでおしっこをしはじめた。

そういえば、まだシロちゃんの姿《すがた》を見ていない。もう、遊びに出かけたのだろうか。

朝食はハムサンドと菓子《かし》パン。それに牛乳《ぎゅうにゅう》を用意していた。昨夜《ゆうべ》はコンクリートパイプの中で食べたけれど、今朝《けさ》はパイプの上に登って、空を見ながら食べることにした。

「夜中はもっと寒いかと思ったけど、毛布《もうふ》一枚《まい》でちょうどよかった」

「おれなんか、途中《とちゅう》で毛布ぬいじまったぜ。これからどんどん暑くなるからよ。バスタオル一枚で十分かもな」

「省《しょう》ちゃん、また、ここでキャンプするつもりなの」

「ああ、今度はちゃんとした料理作ろうぜ。カレーとかピラフとか……。焼き肉もいいなあ」

「あのさあ。兄ちゃんも泊《と》まりたいって言ってるんだけど」

省吾《しょうご》が保《たもつ》をふりかえる。

「おまえ、キャンプのこと、兄貴《あにき》にばらしたの」

「ばらしたんじゃなくて、ばれちゃったんだよ」

保《たもつ》が、昨日《きのう》の顛末《てんまつ》を説明すると、省吾《しょうご》はため息をついた。

「しょうがねえなあ。でもよ。兄ちゃんは野外活動でキャンプするんだろ。テントにも寝《ね》られるし、キャンプファイヤーもするんだぜ。こんなところで寝るより、ずっとおもしろいんじゃないの」

「兄ちゃん、パイプの中で寝てみたいんだって」

「テントのほうが寝心地がいいのになあ」

省吾が声をあげて笑いだしたので、保もつられて笑いだした。

朝ごはんを食べ終わると、すぐさま家に帰る準備《じゅんび》をはじめた。といっても、最初から荷物を全部持って帰るわけにはいかない。まずは懐中電灯《かいちゅうでんとう》など、小さなものをバッグにつめて持って帰ることにした。

保が家に戻《もど》ったのは、八時過ぎだった。

てっきりなにか言われるだろうと覚悟《かくご》していたのだが、母さんも父さんも、なにも言わない。

兄ちゃんだけが、小声で、どうだったとたずねてきた。

「うん、最高におもしろかった」

保《たもつ》も小声で答えた。

十時になると、母さんは買い物に出かけ、父さんは居間《いま》のソファーに寝転《ねころ》んでテレビを見はじめた。今のうちに置いてきたものを取りに行くことにした。

省吾《しょうご》は、もう先に来ていて、絨毯《じゅうたん》や毛布《もうふ》を自転車の荷台《にだい》にくくりつけていた。

「家の人、なにか言ったか」

顔を見たとたん、省吾が聞いてきた。

「なんにも……。兄ちゃんが、うまいこと言ってくれたみたいだよ」

「そうか、うちは、ちょっとトラブッちまったというか。おれがここでキャンプしてたこと、ばれちまってよ。おふくろからさんざん説教されたぜ」

「どうしてばれたの」

省吾《しょうご》はじろりと保《たもつ》の顔をにらんだ。

「おまえんちのおばさんが電話してきたんだ。そいで、せっかく二人で楽しんでるんだから、今夜は、思い通りにさせてやりましょう。そのかわり、うちの主人が夜中に見回りに行きますから、ご安心くださいって。ようするに、バレバレだってことだな。とにかく邪魔《じゃま》がはいらなくてよかった」

そこで省吾は大きなため息をついた。

「ま、これで次はないってことだけは確実《かくじつ》だなあ」

残りの荷物を自転車に積んで家に戻《もど》りながら、保は考えた。

省吾の話では、二人のキャンプ計画は、昨日《きのう》の夜のうちに家族にわかっていたという。

わかったうえで、わざと知らないふりをして、二人を野宿《のじゅく》させたのだ。しかも、父さんは夜中に様子を見にやってきたらしい。

なんのことはない、二人だけの秘密《ひみつ》のはずが、いつのまにか家族全員に知れわたり、しかも保護者公認《ほごしゃこうにん》のキャンプになっていたのだ。

「そうか」

保《たもつ》は思わず口の中で叫《さけ》んだ。

兄ちゃんだ。兄ちゃんが、なにもかもばらしてしまったにちがいない。家に帰ったら、兄ちゃんをとっちめてやろう。そう固く決心すると、ペダルを踏《ふ》む足も力がはいった。

6 大事件《だいじけん》

家に帰ると、すぐさま兄ちゃんをつかまえて、問いつめると、兄ちゃんは、あっさり白状《はくじょう》した。

「最初は、うまいことごまかしてやろうと思ったんだぜ。おまえが友だちのところに泊《と》まりに行ったけど、友だちの名前は聞いてないって……。そしたら、母さん、かたっぱしからおまえの友だちのところに電話かけはじめたんだ。そいでさあ、水島《みずしま》んちに電話したら、水島が、もしかしたら倉橋《くらはし》と二人で資材《しざい》置き場に泊まってるんじゃないかって……。おまえ、あいつに何か話したの」

「話してないよ。でも、あそこでシロちゃんを飼《か》ってることは知ってたから」

「母さん、おまえが毛布《もうふ》や懐中電灯《かいちゅうでんとう》なんか持ち出してることに気がついたってわ

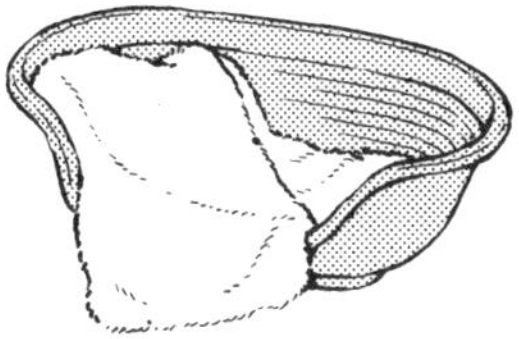

け。そんでもって、今度はおれにいろいろ尋問《じんもん》するわけよ。仕方がないから、おまえらがないしょで野宿《のじゅく》してるってばらしちまったんだ。母さん、すぐに資材置《しざいお》き場に出かけて、おまえらをつれ戻《もど》すって、すごい剣幕《けんまく》でさあ。おれ、マジでビビっちゃった」

ところが、ちょうどその時、父さんが戻ってきた。母さんは父さんもつれて資材置き場に行くつもりだったらしいが、父さんが、それを止めた。せっかく二人だけで、寝泊《ねと》まりする計画を立てたのなら、今夜一晩《ひとばん》は、そっとしておいてやろう。もちろん、こっそり様子を見に行って安全確認《かくにん》だけはしておこう。

「結局、母さんも父さんの言うとおりにすることになって、おれと父さんで、資材置き場に偵察《ていさつ》に行ったのさ。パイプの中をのぞいたら、おまえら、もう寝ちまってたから、そのまま帰ったんだけどよ」

「それって、何時ごろ」

「十時ごろじゃないかな。そんでもって、倉橋《くらはし》の家に電話して、事情《じじょう》を話してさ。

まあ、今夜は子どもたちの好きにさせましょう。そのかわり夜中にも見回りに行きますからって、倉橋《くらはし》の親も安心させたみたいだな」

まさか、そんなことになっていたとは、まったく知らなかったが、それにしては、母さんも父さんも、なにも言わない。

「だからよ。今回のことは、親は知らん顔をしておくことにしたんじゃないの。だから、おまえもだまってたらいいんだ」

最後に兄ちゃんは、うちのおやじって、結構《けっこう》話のわかるやつなんだなあ。と何度もうなずいてみせた。

午後になって、資材《しざい》置き場に行くと、省吾《しょうご》が、シロちゃんにエサをやっていた。

「今朝《けさ》は、シロちゃんのエサをやるの忘《わす》れてたろう。昼飯食ってたら思い出したんだ」

そういえば、今朝はそれどころじゃなかったから、シロちゃんのことまで気が回らなかったのだ。

二人でネコと遊んでいるところに、かおりがやってきた。

「昨夜《ゆうべ》、タモちゃんのお母さんから電話があったわよ。あんたたち、ここでキャンプしてたんでしょう」

かおりが二人の顔を順番に見回した。

「ああ、そうさ。すごくおもしろかったなあ。おれ、シロちゃんを抱《だ》いて寝《ね》たんだぜ」

省吾《しょうご》が自慢《じまん》げに言うと、かおりはうらやましそうにため息をついた。

「いいなあ。あたしもシロちゃんとねんねしたいなあ」

五月が終わり、六月になったとたん、真夏のような暑さになった。

学校の帰り、いつものように資材《しざい》置き場の近くまで来たときだ。一台の大型トラックが資材置き場の中から出てきた。荷台に何本ものコンクリートパイプが積《つ》まれている。資材《しざい》置き場の入り口には、旗を持った作業員が立っていて、出入りする車の誘導《ゆうどう》をしていた。

資材置き場の中を見ると、なんと、あれだけ積み上げられていたコンクリートパイプが、半分ほどなくなっていた。残っているパイプをクレーン車が吊《つ》り上《あ》げて、駐車《ちゅうしゃ》しているトラックに乗せていた。

シロちゃんは、だいじょうぶだろうか。

資材置き場の中をのぞきこもうとしたとたん、旗を持った作業員の声がした。

「ぼうや、危《あぶ》ないから、道路の反対側を歩いてちょうだいね」

保《たもつ》は大急ぎで家に帰ると、すぐさま省吾《しょうご》に電話した。

「たいへんだよ。資材置き場のパイプを運び出してるんだ」

「シロちゃんは、どうしてる」

「わかんない。中にはいれそうもないんだ。たぶん、どこかに逃《に》げてると思うけど」

「わかった。おれも今から行くから、おまえもつきあえ」

省吾《しょうご》はこちらの返事も聞かないで電話を切った。

ランドセルをほうりだして、ふたたび資材《しざい》置き場に戻《もど》った。道路の反対側に学校帰りの子どもたちが三人ほどつっ立って、作業を見物していた。水島《みずしま》かおりもいて、保《たもつ》を見るとすぐに近よってきた。

「ねえ、シロちゃん、だいじょうぶ」

小声でたずねた。

「わかんない。たぶん、どっかに避難《ひなん》してると思うけど……」

その時、二人の前に自転車が急ブレーキをかけて止まった。省吾だった。

省吾はちらりと資材置き場の中に目を走らせてから、保をふりかえる。

「シロちゃん、見つかったか」

保が首をふると、省吾は道路の両側を見回した。

「どっか、そのへんにかくれてるんじゃないのかな。よし、手分けして探《さが》そうぜ」

言うが早いか、自転車をU《ユー》ターンさせて、そばの住宅地《じゅうたくち》の中へと走りだした。

保《たもつ》も、あわててそのあとを追おうとしたら、かおりもついてきた。

「おまえ、まだ学校の帰りなんだろ。一度家に戻《もど》ってこいよ」

保が注意したけれど、かおりは首をふった。

「いいの、いいの」

ランドセルをカタカタ揺《ゆ》らしながら走りだした。

資材《しざい》置き場の反対側は、個人の住宅のほかにアパートも何棟《なんとう》か建っていた。保たちは、アパートのあいだのせまい通路とか、住宅のまわりを囲《かこ》んでいる塀《へい》の上など、ネコがいそうな場所を見回った。

時折、「シロちゃーん、シロちゃーん」と、呼《よ》んでもみた。かおりは、通りあわせたおばさんたちに、

「白いネコ見ませんでしたか」

と、たずねている。

三十分もたったろうか。自転車に乗った省吾《しょうご》に出会った。

「シロちゃん、見つかったか」

開口一番《かいこういちばん》、保《たもつ》たちにたずねたところをみると、省吾もまだ見つけていないのだろう。

「ねえ、あそこでひと休みしない。そいで、これからのこと相談しましょうよ」

かおりがかたわらの児童公園をあごでしゃくってみせる。省吾もうなずいて、自転車をおりた。そして公園のすみにある水道の水をごくごく飲みはじめた。どうやら、フルスピードで町内を走り回ったにちがいない。

省吾が水を飲んでいるあいだに、かおりと保は近くのベンチに腰《こし》を下ろした。

「パイプを運びはじめたのは、何時ごろからなのかなあ」

「ぼくらが学校に行ってからじゃないの。だって、今朝《けさ》もシロちゃんにエサやりに行ったんだぜ。その時は、ぜんぜんだれもいなかったもの」

「空き地のコンクリートパイプ、全部運び出すのかしら」

「たぶんな。だって、もう半分くらいなくなってたもの」

水を飲み終えた省吾《しょうご》もやってきた。

「シロちゃん、どこに行っちまったのかなあ」

ベンチに座《すわ》りこんだ省吾が、つぶやくように言った。

「クレーン車やトラックがはいってきたから、びっくりして逃《に》げだしたんだと思うよ。でも、作業が終わって、静かになったら、戻《もど》ってくるんじゃないの」

「でもよ。寝《ね》るところがなくなってた

ら、どうするんだよ」

「たぶん空き地の草むらで寝《ね》るんじゃないのかな。だって、あの子は、ここで飼《か》われてたんだもの」

ネコという動物は、毎日のようにお出かけするし、ときには一晩《ひとばん》か二晩《ふたばん》家出することもあるけれど、結局わが家《や》に戻《もど》ってくるものだ。

「作業が終わるのは、たぶん五時ごろじゃないかしら。だったら六時過ぎに、もう一度空き地に行ってみましょうよ」

かおりの提案《ていあん》に、だれも反対はなかった。

六時過ぎ、三人はふたたび資材《しざい》置き場にやってきた。パイプの運び出しは、すでに終わっていた。今朝《けさ》までうず高く積《つ》み上げられていたコンクリートパイプは、ほとんど運び出され、広々とした空き地がひろがっている。ただ、山際《やまぎわ》に二十本ばかりのパイプが残されていた。

「シロちゃん、シロちゃーん」

省吾《しょうご》が子ネコの名前を呼《よ》びながら、空き地の中にかけこむ。もちろん保《たもつ》もかおりもあとを追った。

一番山際《やまぎわ》の四角いパイプをのぞきこむと、奥《おく》のほうにシロちゃんの寝床《ねどこ》が見えた。しかし、ネコの姿《すがた》はない。

「シロちゃーん、出ておいで。ごはんだよ」

保も両手をメガホンにして、あたりに向かって叫《さけ》んだ。五分、十分、十五分……。

シロちゃんは戻《もど》ってこなかった。

7　シロちゃん迷子《まいご》

翌朝《よくあさ》、いつもより三十分早く家を出て、資材《しざい》置き場に行ってみた。山際《やまぎわ》のコンクリートパイプをのぞいてみたが、シロちゃんの姿《すがた》はなかった。ほかのパイプの中ものぞいてみたのだが、無駄《むだ》だった。

パイプのそばにつっ立っていたら、後ろから声がした。ふりかえるとランドセルをしょった省吾《しょうご》が立っていた。登校の途中《とちゅう》、わざわざ遠回りしてやってきたらしい。

「まだ、戻《もど》ってないみたいだなあ」

保《たもつ》がうなずくと、省吾は、あたりに向かって、

「シロちゃーん」と一声叫《さけ》んだ。少しして、もう一度子ネコの名前を呼《よ》んだ。い

つもなら、どこからか、ニャーという鳴き声が聞こえ、姿《すがた》を現《あらわ》すのだが、今朝《けさ》は、どこからも鳴き声がしないし、子ネコもかけよってこない。

「シロちゃん、すごく怖《こわ》かったんだろうなあ。だから、夢中で逃《に》げだしたんじゃないのか。そいで、帰る道がわかんなくなったんだと思うぜ」

省吾《しょうご》が、しずんだ声で言った。それから、ふとパイプの中をのぞきこんだ。

「シロちゃんのベッドやエサ、どうする。このままにしてたら、パイプといっしょに持ってかれちまうかもしれないぞ」

なるほど、コンクリートパイプの運び出しは、まだ終わったわけじゃない。今日中にも残りのパイプを運び出すかもしれないのだ。

「そうだね。うちに持って帰る。シロちゃんが見つかったら、また、どこかで飼《か》えばいいもの」

まだ登校時間には間があった。保《たもつ》はネコのベッドとエサ入れ、それにキャットフードの袋《ふくろ》を持ち出した。

「おれもつきあうよ」

省吾《しょうご》が横からキャットフードの袋《ふくろ》を取ると、先に立って空き地を出ていった。

いったん家に戻《もど》り、庭の倉庫にこれらをほうりこんで、急いで学校に向かう。

ふと、空を見上げると、一面に灰色《はいいろ》の雲がひろがっていた。まるで保《たもつ》たちの気持ちそのままの空模様《そらもよう》だった。


放課後、保は大急ぎで家に向かった。資材《しざい》置き場をのぞくと、コンクリートパイプはすっかり運び出されて、あとにはだだっ広い空き地が残っているだけだった。そのうえ、空き地の入り口に黄色いロープが張《は》られ、「危《あぶ》ないからはいってはいけません」と書かれた看板《かんばん》まで立てられていた。

「シロちゃーん」

保は空き地の中に向かって呼《よ》んでみた。もしかすると、シロちゃんが戻ってきているかもしれないと思ったのだが。

「シロちゃん、いないみたいね」

後ろで声がして、水島《みずしま》かおりが保《たもつ》のそばに立った。

「もし、見つかっても、もうここでは飼《か》えないわねえ」

「ああ」

「そしたら、どうする、つもり」

「そうだなあ。省《しょう》ちゃんといっしょに、どっかにシロちゃんの住むところ、見つけてやるさ」

「そうね、シロちゃんが安心して住めるような場所を見つけましょうよ」

保は、思わずかおりの横顔をのぞきこんだ。

いつのまにか、かおりも保たちの仲間入りした気になっているらしい。

夕方から雨になった。雨は次の日も次の日もやむことがなかった。保たちの町も梅雨《つゆ》にはいったのだそうだ。

雨の中で、シロちゃんはどうしているだろう。風邪《かぜ》なんかひいてないだろうか。それよりなにより、食べ物だ。これまで、シロちゃんは保《たもつ》たちのエサを食べていたが、今では、自分でエサをさがさなくてはならない。エサのさがし方なんて、まるで知らないのだ。

夜、ベッドの中で雨の音を聞いていると、どうしてもシロちゃんのことを考えてしまう。考えると、なかなか眠《ねむ》れなくなって、何度も寝返《ねがえ》りを打ってしまう。

「さっさと寝ちまえよ。おまえがごそごそしてると、こっちまで寝られないじゃないか」

二段《だん》ベッドの下から、兄ちゃんの声が聞こえた。

三日降《ふ》り続いた雨が、ようやくやんで、雲のあいだから太陽が顔を出した月曜日、保が一組の前まで来ると、水島《みずしま》かおりが入り口のところに立っていた。そして、手にしていた一枚《まい》の画用紙をつきだした。

「あのね、シロちゃんのこと、ポスターにしてみたの。ほら、新聞のチラシに、迷《まよ》いネコとか迷い犬の広告がのってるじゃないの。あれはお金がいるみたいだけど、あたしたちの教室にはるんなら、お金はいらないでしょ」

説明しながら、かおりが画用紙を胸《むね》の前に掲《かか》げてみせる。

真ん中に真っ白いネコの絵が描《か》いてあって、その下に、

「迷子《まいご》の子ネコをさがしています。名前はシロちゃん、生まれて半年くらいです。真っ白で、尻尾《しっぽ》が長く、赤い首輪をしています。目はきれいなブルーです。お心当たりの人は、四年一組森田保《もりたたもつ》、四年二組倉橋省吾《くらはししょうご》まで連絡《れんらく》してください」

と書かれていた。

「うちのクラスは、倉橋くんが先生にたのんで、教室にはってもらうんだけど、タモちゃんも先生にたのんでみてよ」

「だいじょうぶかなあ。教室にはれるのは、勉強のことだけじゃないの」

「とにかく先生にお願いしてみてよ。あたし、昨日《きのう》、一日かかって、一生懸命《いっしょうけんめい》描

いたのよ。ほんとは写真があればいいんだけど、シロちゃんの写真ないんだって
ね」

そういえば、あれだけ仲良くしていたのに、写真を撮《と》っていなかった。

朝のホームルームのあと、先生にポスターを見せて、掲示《けいじ》の許可《きょか》をもらうと、先生は笑いながらうなずいた。

「森田《もりた》くんのネコなのね。いいわよ。そうだ、教室より廊下《ろうか》にはったほうが、ほかの学年の人にも見てもらえるわよ。廊下にはんなさい」

昼休み、廊下の壁《かべ》にポスターをはっていたら、省吾《しょうご》がやってきた。

「へえ、廊下にはってもいいの。なら、おれのも廊下にはろっと」

すぐさま教室に飛びこむと、ポスターを抱《かか》えて引き返してきた。そして、かおりといっしょに自分たちの教室の前に、ポスターを掲示しはじめた。

保がポスターをはっていると、後ろから声がした。

「タモちゃん、ぼく、このネコ見たことあるよ」

ふりかえると、同じクラスの中村勝也《なかむらかつや》だった。

「どこで見たの」

「うちの近所のスーパー。土曜日の夕方、母さんと買い物に行ったんだ。自転車置き場の屋根の下にしゃがんでた。雨が降《ふ》ってたろう。たぶん雨宿《あまやど》りしてたんだと思うな。真っ白なネコでさあ。母さんが、きれいなネコちゃんねって……」

「そのスーパーってどこなの」

「だから、うちの近所。天神南町《てんじんみなみまち》のハルタ」

ハルタなら、保《たもつ》も知っている。国道沿《ぞ》いの大きなスーパーマーケットで、保の母さんも特売の日などに買い物に行く。

「そのネコ、首輪をしてた」

保がたずねると、勝也はちょっと首をかしげた。

「ええと、どうだったかなあ」

「赤い首輪してたと思うんだけど」

とたんに勝也《かつや》は首をふった。

「してなかったな。真っ白なネコだもの。もし、赤い首輪してたら覚えてると思うよ」

首輪がないのなら、シロちゃんじゃないかもしれない。でも、首輪なんか、なにかのはずみではずれることもある。

省吾《しょうご》に話すと、放課後行ってみようということになった。もちろんかおりもいっしょだ。

「ね、ポスターって効果《こうか》あるでしょう。シロちゃん、そっくりに描《か》いたから、すぐにわかったんだと思うわよ」

かおりが得意そうに保《たもつ》と省吾を見回す。ポスターをはったとたんに、たちまち有力情報《じょうほう》がとびこんできたのだ。ここは、かおりに自慢《じまん》させておこう。

放課後、自転車に乗って国道沿《ぞ》いのスーパーに向かった。夕方が近づいているせいか、広い駐車場《ちゅうしゃじょう》に車がいっぱいとまっている。自転車置き場は店の裏手《うらて》にあった。壁際《かべぎわ》にトタン屋根がひさしのようにはりだしていて、その下に何台ものママチャリが並《なら》んでいる。

見わたしたところ、シロちゃんの姿《すがた》はなかった。駐輪場《ちゅうりんじょう》に自転車を入れて、建物のまわりをさがすことにした。

裏手《うらて》に回りこむと、そこは商品の出入り口になっているらしく、後ろ向きにとまった保冷車から、ユニホーム姿《すがた》の店員と運転手らしい帽子《ぼうし》の男が、荷物をおろしては、台車にのせて、店内に運びこんでいた。

「あの人に、ネコのこと聞いてみようか」

かおりが小声でささやく。ちょうど最後の荷物を運びこんだらしくて、運転手が保冷車を発車させた。あとに残った店員らしい青年が、煙草《たばこ》に火をつけた。どうやら一休みするつもりらしい。

かおりが青年のそばにかけよった。

「あの、ちょっと聞いてみるんですけど……」

青年がびっくりしたようにかおりの顔を見下ろす。

「このあたりでネコを見たことありませんか。白いネコです」

青年店員は、ちらりと保《たも》たちのほうを見てから、煙草《たばこ》を大きく吸《す》いこんだ。

「野良《のら》ネコなら、しょっちゅううろついてるからなあ。白いネコもいるかも」

「まだ、ほんの子ネコなんです。赤い首輪してるはずです」

「あんたの飼《か》いネコなの。いつごろいなくなったんだい」

「ええと、六月五日です。天神西町《てんじんにしまち》の家からいなくなったんです」

「ずいぶん遠くじゃないか。どうしてここにいると思ったの」

「友だちが、土曜日の夕方、ここの自転車置き場にいたのを見たって……」

「そんなら、まだ、このへんにいるかもな。三人でさがしてごらん」

青年は煙草を吸《す》い終えて、そばのバケツに吸殻《すいがら》を投げこんだ。そして回れ右して店内にはいっていった。

8 カブトムシの谷

あたりが暗くなるまでスーパーマーケットのまわりをさがし回ったけれど、シロちゃんは見つからなかった。

翌朝《よくあさ》、教室にはいると、中村勝也《なかむらかつや》がかけよってきた。

「タモちゃん、どうだった。ネコ、見つかった」

「ずいぶんさがしたんだけどねえ。お店の人にも聞いてみたんだけど……」

「そうか、昨日《きのう》は天気よかったから、どっか、べつの場所に出かけたのかも。うちはしょっちゅう、あそこで買い物するから、今度見つけたら家につれて帰ってやるよ。名前はシロちゃんだったな」

勝也が、保《たもつ》の肩《かた》をポンとたたいた。

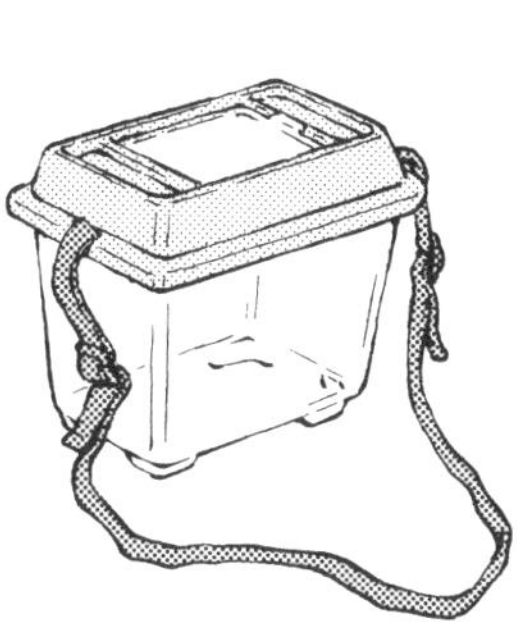

その日は、シロちゃんを見たという子どもは現《あらわ》れなかった。

「あたしのクラスは、まるっきり情報《じょうほう》なし。省《しょう》ちゃんのこと、みんな怖《こわ》がってるから、情報が集まらないのかもね。あたしの名前にしとけばよかった」

家に戻《もど》る途中《とちゅう》、かおりがそんなことを言った。

それっきり、シロちゃんの目撃《もくげき》情報ははいってこなかった。梅雨《つゆ》の晴れ間を利用して、シロちゃんさがしを続けていたが、手がかり一つ見つからない。

例の資材《しざい》置き場には、いつのまにか頑丈《がんじょう》なフェンスがはりめぐらされ、入り口も金網《かなあみ》のシャッターがつけられた。空地の奥《おく》に、倉庫らしい建物が建っているところを見ると、今度はコンクリートパイプ以外の資材置き場になるのかもしれない。

シロちゃんがいなくなって、ひと月がたった。シロちゃんは、どこか遠くに行ってしまったにちがいない。

省吾《しょうご》もシロちゃんをさがしに行こうと、誘《さそ》わなくなった。

「シロちゃんは、かわいいネコだもの。きっとだれかに拾われてかわいがってもらってるさ」

保《たもつ》も同感だ。あんなかわいいネコなら、だれだって飼《か》いたくなるにちがいない。

「でもよう。あのキャンプだけは、最高だったなあ」

省吾《しょうご》が、雨雲のたれこめた空を見上げながらつぶやくように言った。

これまた同感だ。コンクリートパイプに泊《と》まりこんですごした一晩《ひとばん》は、すごく楽しかった。

「もうすぐ夏休みだろう。この近くで、こっそり泊まれるような場所、ほかにないかなあ」

省吾が保の顔をのぞきこむ。

「古い空き家なんて、最高だけどな」

「空き家ねえ。うちのまわりは新しい家ばかりだからなあ。それに家がたてこんでるから、泊まったりしたら、すぐに見つかると思うよ」

「そうか、うちのまわりも、ちょっと無理だなあ」

省吾《しょうご》がため息をつく。

「そんなことしなくても、山でテント張《は》って、キャンプすればいいんだよ」

「まあな。でも、そんなの六年になったら、学校からつれていってもらえるんだぜ。おれたちだけで、こっそり泊《と》まるからおもしろいんだ」

そういえば、いつかテレビドラマで見たことがある。子どもたちが大きな木の上に小屋を作って、そこに泊まるのだ。たしか、主人公の子どもたちは、木の上の家を秘密基地《ひみつきち》と呼《よ》んでいた。

「あのさあ、木の上に小屋を作ってさ、そこで寝泊《ねと》まりするのって、おもしろいんじゃないの。ぼくらの秘密基地にするんだ」

保《たもつ》が言うと、省吾は一瞬《いっしゅん》不思議そうな顔をした。

「ヒミツキチって、なんだよ」

「木の上ならだれにも見つからないだろう。だから秘密基地」

省吾《しょうご》の顔がだんだん輝《かがや》いてきた。

「それ、おもしろそうじゃないか。なるほど、おれたちだけの秘密基地《ひみつきち》だな。よし、決まった。そいつを作ろうぜ」

「で、どこに作るんだ」

省吾に質問《しつもん》されて、はたと困《こま》った。保《たもつ》は、ただテレビドラマの話をしただけだ。保が、わけを話すと、省吾はたちまちがっかりしたように鼻を鳴らした。

「なんだ。テレビの話かよ」

「だけどさあ、もし、あんなのが作れたら楽しいと思うよ」

「まあな。秘密基地なんて、かっこいいよなあ。大きな木が生えてるところっていうと、やっぱり山の中だな」

省吾があたりを見回す。

「ということは、天神山《てんじんやま》だろうなあ」

天神山は町の北にそびえる山だ。山頂は、せいぜい二百メートルくらいだが、東西に尾根筋《おねすじ》がのびていて、南側の天神町《てんじんまち》と、北側の右田町《みぎたちょう》の境目《さかいめ》になっている。

「天気になったら、天神山《てんじんやま》を探検《たんけん》しよう。そいで大きな木をさがすんだ」

省吾《しょうご》は、もうすっかりその気になっているらしい。


七月になったけれど、梅雨《つゆ》はいっこうに上がる気配がない。たまに青空が見えることはあるが、次の日は厚い雲におおわれ、小雨《こさめ》が降《ふ》りはじめる。

夏休みが近づいた金曜日の夕方、ようやく太陽が照りだした。

「保《たもつ》、明日《あした》の朝、五時起きだからな」

テレビの天気予報を見ていた徹《とおる》兄ちゃんが、保に言った。

「明日は学校お休みだよ。なんで、そんなに早く起きるの」

「ばーか。カブトムシ捕《と》りに行くのに決まってるだろう」

「あ、そうか。そうだね。もうカブトムシが捕《つか》まえられるなあ」

兄ちゃんが、なぜ早起きするのか、ようやくわかった。

兄ちゃんは、毎年、梅雨《つゆ》が明けるとカブトムシを捕《つか》まえに行くことにしているのだ。天神山《てんじんやま》の尾根筋《おねすじ》を越《こ》えた右田町《みぎたちょう》の谷に、クヌギの林があって、カブトムシやクワガタが集まっている木が何本かある。

保《たもつ》も、去年、はじめて兄ちゃんにつれられて出かけたのだ。

「いいか、ここは、兄ちゃんが見つけた場所だからな。友だちに言うなよ」

去年、兄ちゃんに約束させられたことも思い出した。もっともその林までは、山道を登っていかなくてはたどりつけない。保一人では、とても行けそうになかった。

翌朝《よくあさ》、朝ごはんも食べないで出かけた。

東の空は、もう明るくなっていて、スズメの声が聞こえる。絶好《ぜっこう》のカブトムシ日和《びより》だ。

家の前の坂道を上りつめると、山すそに出る。

そこからは、せまい谷筋《たにすじ》に沿《そ》った山道を登らなくてはならない。道のまわりに

は雑木《ぞうき》がうっそうとしげっていて薄暗《うすぐら》かった。

ようやく尾根《おね》の頂上に出る。山道は、ここで十文字に分かれていて、尾根伝《づた》いの道があったが、兄ちゃんは、尾根の反対側を下りはじめた。五分ほど坂道を下り終えたところで、急にあたりが開けた。左右の山と山のあいだにだんだん畑みたいなせまい平地がふもとのほうに向かってひろがっている。

「むかしはこのあたりまで田んぼがあったんじゃないのか。でも、ノウカのコウレイカとゲンタンセイサクで、耕《たがや》す人がいなくなったんだろう」

兄ちゃんが説明してくれたが、難《むずか》しい言葉が多くてよくわからなかった。

だんだん畑の下手《しもて》に竹林があり、その反対側に谷川があって、きれいな水が流れていた。

保《たもつ》も思い出した。谷川の向こう側の斜面《しゃめん》にクヌギの木が何本となく生えているのだ。

兄ちゃんが谷川を飛《と》び越《こ》えて、クヌギ林の中にはいっていった。保も急いであとを追う。

根元あたりから甘《あま》いにおいのする樹液《じゅえき》がしみだしている木がある。カブトムシやクワガタは、この樹液をなめにやってくるのだ。だから、まずは甘いにおいのする木を見つけなくてはならない。

兄ちゃんが、たちまち樹液の出ている木を見つけたらしい。無言で保《たもつ》に合図した。

太い幹《みき》の根元あたりから樹液がにじみだし、樹肌《きはだ》がてかてか光っている。そのまわりにカブトムシやカナブンがむらがっていた。

「おっ、こいつはでかいな」

兄ちゃんが見事な角をはやしたやつを指でつまみあげる。カブトムシは角をふりたて、足をばたつかせて、逃《に》げようとするが、兄ちゃんはなれた手つきで、肩《かた》からさげた虫かごにほうりこんだ。

保も手をのばして一匹《ぴき》捕《つか》まえたが、なかなか木からはなれようとしない。六本の足で必死に木の幹《みき》にしがみついている。なんとかひきはがして虫かごに入れた。

そのあいだにも、兄ちゃんは、もう一匹《ぴき》の虫を捕《つか》まえた。ノコギリクワガタだ。

「いいなあ。ぼくもノコギリ見つけたいな」

「クワガタは逃《に》げ足《あし》が速いからな。そっと捕《つか》まえないと、すぐに木の穴《あな》にかくれちまうぞ」

残念ながら、この木には、もうノコギリクワガタはいない。カブトムシの雄《おす》を一匹捕まえたあと、保《たもつ》はほかの木をさがすことにした。雌《めす》もいたが、雌はいらない。

少し登ると、ふたたび甘《あま》いにおいのする木に出くわした。幹がひとかかえもあるような大きな木で、幹のあちこちにこぶができている。ちょうど目の高さのところにあるこぶから樹液《じゅえき》がしみだし、ここにもカブトムシやカナブンが集まっていた。と、中に立派《りっぱ》な牙《きば》をはやしたクワガタムシがとまっている。牙の形がノコギリクワガタとちがう。ヒラタクワガタにちがいない。保はそっと近づくと、手をのばした。平べったい体をしっかりつかむ。虫かごにほうりこんで、次の獲物《えもの》をさがす。樹液《じゅえき》のまわりに三匹《びき》のオスのカブトムシがしがみついていた。これらをかたっぱしから虫かごに入れた。

小さな虫かごは、カブトムシやクワガタで満員状態《じょうたい》になっている。一息ついてから、改めてそばのクヌギの木を見上げた。太い枝《えだ》が何本もはりだし、生《お》いしげった葉っぱで、空も見えない。こんな大木なら、木の上に小屋が作れるにちがいない。

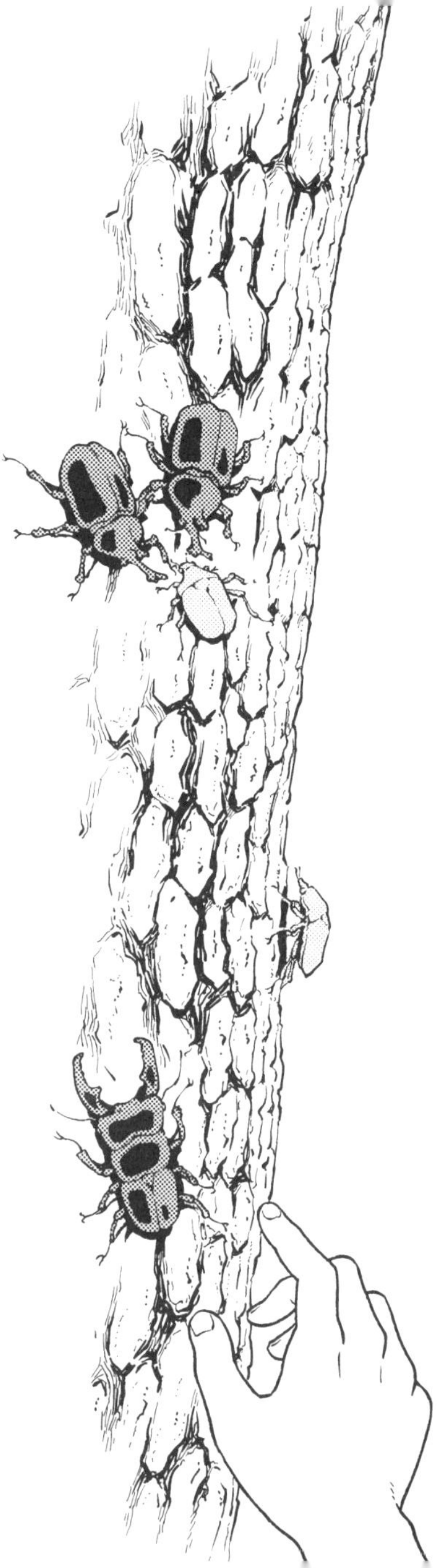

ただ、まわりに木が生《お》いしげっているし、なにより足場が悪い。急な山肌《やまはだ》に生えているから、小屋作りがたいへんだ。

もし作るなら、平たい土地に一本だけ生えているような、そんな大木がいい。

「どうだ。クワガタ見つけたか」

兄ちゃんの声がした。

「うん、ヒラタクワガタ捕《つか》まえたよ。それからカブトムシを五匹《ひき》」

クヌギ林を下り、谷川を飛《と》び越《こ》したところで、二人で獲物《えもの》を見せあった。

兄ちゃんも、全部で八匹捕まえていた。

「これだけ捕まえれば、十分だ。家に帰ってバトルをさせよう」

兄ちゃんも満足そうに笑う。カブトムシバトルというのは、二匹のオスを木の枝《えだ》にとまらせて、戦わせる遊びだ。

戻《もど》りは、下ってきた尾根《おね》まで登らなくてはならない。半分も登らないうちに息が切れてきた。やっとのことで尾根の頂上にたどりついた。

「おまえ、もう、道がわかっただろう。一人で来られるよな」

尾根《おね》の上で一休みしているとき、兄ちゃんが言った。

「ううん、たぶんだいじょうぶだと思うけど、どうして」

「おまえなあ、兄ちゃん、来年は中学だぜ。セミ捕《と》りトンボ捕りなんてガキのやることだもの。カブトムシも、今日《きょう》でおしまい」

中学生になると、カブトムシを捕《つか》まえに行けなくなるとは知らなかった。

「一人が無理なら、友だちを誘《さそ》ってもいいぞ」

「だって、あそこは兄ちゃんの秘密《ひみつ》の場所なんだろ」

「だから、カブトムシは、もう卒業《そつぎょう》さ。あとはおまえの好きにしたらいい」

9 秘《ひ》密《みつ》基《き》地《ち》

家に帰ると、もう七時前だった。去年使っていた飼育箱《しいくばこ》を倉庫から持ち出して、カブトムシとクワガタを別々の箱に入れた。カブトムシが遊ぶ木の枝《えだ》はあるが、下にしく飼育マットやエサのゼリーがない。あとから買いに行くことにした。

「あああ、またカブトムシを飼うのねえ。カブトムシを飼うと、小バエがよってくるから、いやなのよね」

母さんがうんざりしたように声をあげた。母さんは虫が嫌《きら》いなのだ。

今朝《けさ》はいつもより一時間早く起きたので、眠《ねむ》くてしようがない。朝ごはんを食べたあと、二階のベッドに寝転《ねころ》んでいたら、そのまま眠ってしまったらしい。

目が覚めると十時過ぎだった。

「保《たもつ》、電話よ。倉橋《くらはし》くんから」

階下で母さんがどなっている。あわててベッドから飛び出し、キッチンの電話をとった。

「もしもし、保だけど……」

「おれだ、おれだ。あのな、例の秘密基地《ひみつきち》なんだけどよ。どこに作るか、まだ決めてないだろう。昼から天神山《てんじんやま》に登ってみないか」

「ううん、今日《きょう》はちょっと予定があるから、明日《あした》ならいいよ」

べつに予定はなかったが、一日に二度の登山はきつい。

「なら、明日にするか。そうだな、朝の八時、天満宮《てんまんぐう》に集合でどうだ」

まさか二日連続で山に登ることになるとは思わなかった。

徹《とおる》兄ちゃんは、午後から塾《じゅく》があるので、午前中にスーパーに、飼育箱《しいくばこ》の中にしく、飼育マットやエサのゼリーを買いに出かけた。飼育マットというのは、クヌギのおがくずで、これを箱の底にしいて、水で湿《しめ》らせるのだ。

夕方、兄ちゃんが戻《もど》ってきたので、早速バトルをして遊んだ。木の枝《えだ》の反対側にカブトムシをとまらせると、たちまち喧嘩《けんか》をはじめる。木の枝から落ちたほうが負けだ。

徹《とおる》兄ちゃんの捕《つか》まえてきた雄《おす》は、やたらと強い。保《たもつ》の雄は、みんな木の枝からふり落とされてしまった。もっと強い雄を見つけてこなくてはだめだ。

日曜日も朝から青空がひろがっていた。梅雨《つゆ》は完全に明けたらしい。

天満宮《てんまんぐう》は、天神《てんじん》小学校から歩いて十分くらいのところにあるお宮で、長い石段《いしだん》を上りつめたところに広い境内《けいだい》がある。境内の正面に屋根のついた大きな門があり、門の奥《おく》にこれまた立派《りっぱ》な本殿《ほんでん》があるのだが、保は門の前の境内で省吾《しょうご》を待つことにした。

八時きっかりに、リュックをしょった省吾が石段をかけあがってきた。

「お、早いな。八時の約束だったよな」

省吾《しょうご》は、腕《うで》時計をちらりと見たあと、それなら行こうかと言って、境内《けいだい》の横手に向かって歩きだした。

天神山《てんじんやま》の登山口は、神社の裏手《うらて》の梅林《うめばやし》を抜《ぬ》けたところにある。天神小学校では、春の遠足というと、天神山登山ということになっているから、保《たもつ》も一年の時から、毎年登っている。

梅林を抜け、いよいよ山道にはいった。このあたりはあまり大きな木がなくて、せいぜい三メートルほどだ。枝《えだ》も細くて、小屋なんて建てられそうにもない。

天神山は、二百メートルほどの低い山なのだが、山道は急な斜面《しゃめん》の連続だ。最初はまわりの木を見回しながら登っていたが、そのうち息が切れて、秘密基地《ひみつきち》どころではなくなってしまった。

おまけにこの暑さだ。噴《ふ》き出《だ》した汗《あせ》が、足もとの地面にぽたぽた落ちる。

やがて、見覚えのある岩のそばまで登ってきた。遠足では、ここで一度休憩《きゅうけい》を取ることになっていた。

「省《しょう》ちゃん、一休みしようよ」

保《たもつ》が叫《さけ》ぶと、先を歩いていた省吾《しょうご》がふりかえった。

「なんだよ。もう、へばっちまったのか」

ぶつくさ言いながら、保のそばまで引き返して、岩のそばに腰《こし》を下ろした。それからリュックの中からペットボトルを取り出し、ごくごくと飲んだ。

「このあたりには小屋を建てられそうな大きな木がないなあ」

ペットボトルから口をはなしたところで、省吾があたりを見回す。

登山道のまわりの木は、みな低い雑木《ぞうき》ばかりだ。もっとも、道をはなれてさがせば大きな木があるかもしれない。問題は、こんな山の中に秘密基地建設《ひみつきちけんせつ》ができるものだろうか。

テレビで見た秘密基地は、なだらかな丘《おか》の上に立った一本の大木の上に作られていた。あんな場所なら、材料を運ぶのも楽だろう。

一休みしてから、ふたたび山に登りはじめた。

二十分後、ようやく天神山《てんじんやま》の頂上に到着《とうちゃく》。

頂上は、大きな岩がいくつも重なっていて、その上に立つと、町中が見わたせる。

目の下に小学校の体育館の屋根が小さく見えたし、その向こう、天神商店街が南に向かってまっすぐのびているのも見えた。

「天神山には、秘密基地《ひみつきち》になりそうな木がないなあ。もっと、べつの場所をさがしたほうがいいかもな」

「そうだねえ。作るんならもっと低いところのほうがいいよ」

熱中症予防《ねっちゅうしょうよぼう》に母さんから持たされた塩辛《しおから》いキャラメルをしゃぶりしゃぶり、保《たもつ》もこっくりうなずいた。

三十分ほど休憩《きゅうけい》したあと、山を下りることにした。小学校の遠足では、頂上から東にのびる尾根道《おねみち》をたどって下るけれど、省吾《しょうご》は西の尾根道を下るつもりらしい。この道は、保《たもつ》ははじめてだ。

「省《しょう》ちゃん、この道、歩いたことがあるの」

保がたずねると、省吾《しょうご》は首をふった。

「ないけど、道があるんだから、たぶんふもとにおりられるんじゃないの。ほら、あそこに案内板があるじゃないか」

省吾があごで指したのは、尾根道《おねみち》の入り口に立っている小さな立札《たてふだ》だ。なるほど『西回り登山道』という文字がなんとか読める。

「な、こっちからもおりられるんだよ」

省吾はそう言うと、さっさと歩きはじめた。

休憩《きゅうけい》したので、元気も出てきたし、下り道だから、ぜんぜん息も切れない。ずんずん下っていくと、ふいに見おぼえのある十字路に出た。昨日《きのう》、カブトムシを見つけたのは、右手の谷筋《たにすじ》だ。

ということは、左手の山道を下れば、天神西町《てんじんにしまち》だ。

「省《しょう》ちゃん、ストップ、ストップ」

あわてて、省吾《しょうご》を呼《よ》び戻《もど》す。

「あのね、ここからおりれば、西町《にしまち》に出られるんだ。ほら、ここに道がついている」

あと戻りしてきた省吾も左手の山道をのぞきこむようにした。

「へえ、こんなところに道があるんだな」

そこでくるりと保《たもつ》をふりかえった。

「おまえ、なんでこの道のこと、知ってるんだ。この道、はじめてだって言ってたじゃないか」

こうなったら仕方がない。保は昨日《きのう》のことを話すことにした。

「昨日、西町から登ったんだよ。兄ちゃんといっしょにカブトムシ捕《つか》まえたんだ」

「カブトムシ……。このへんにいるのか」

がぜん省吾の目が光った。

「ここじゃないよ。ほら、こっちの道をおりていくんだ」

保《たもつ》が右手の道を指さすと、省吾《しょうご》もつられたように木立《こだち》の奥《おく》をのぞきこむ。

「カブトムシのいるところ、遠いのか」

「そんなに遠くないよ。ちょっと下ると、だんだん畑みたいなところに出るんだ。むかしは田んぼだったんだって。そいで、そのそばにクヌギ林があってね。カブトムシやクワガタがうじゃうじゃいるんだ。ぼくもヒラタクワガタやカブトムシ捕《つか》まえたんだ」

省吾の顔がみるみる輝《かがや》きだした。

「ほんとかよう。おれ、カブトムシなんて、一ぺんも捕まえたことないぞ。よし、そこに行ってみよう」

「あっ、ちょっと待って。カブトムシは朝早くないと、捕まえられないんだって」

あわてて止めようとしたが、省吾はすでに右手の山道を下りはじめていた。

そして、あっという間にだんだん畑のところまで下ってしまった。

省吾《しょうご》があたりを見回す。

「ほんとだ。だんだん畑の跡《あと》みたいだな。むかしは、こんな山の中まで畑作ってたのか」

それから、ふもとのほうに目をやった。

「もしかして、ここ、右田町《みぎたちょう》じゃないのか。ほら、あの川、右田川だと思うぜ」

省吾《しょうご》が指さしたはるかふもとに大きな川が横たわっていた。川に沿《そ》って道路も走っている。

「なるほど、わかったぞ。天神山《てんじんやま》の反対側は右田町だもんな。おれたち、反対側に下ってきたってわけだ」

そこで、ふたたび保《たもつ》をふりかえった。

「そいで、カブトムシは、どこにいるんだよ」

「カブトムシは、あそこ」

保がクヌギ林をあごで指すと、省吾はすぐさまそっちに向かって歩きはじめた。

谷川を飛《と》び越《こ》し、山肌《やまはだ》を登りはじめた。保《たもつ》もあとを追った。

昨日《きのう》カブトムシがむらがっていたクヌギの根元をのぞきこむ。樹液《じゅえき》はしみだしていたが、カブトムシは一匹《ぴき》もいない。いるのはカナブンばかりだ。もう一本のクヌギに近づくと、なんと雌《めす》のカブトムシが一匹、まだ樹液《じゅえき》を吸《す》っていた。

「マジ、カブトムシじゃないか。へえ、こんなところにいるんだなあ」

省吾《しょうご》が、声をあげる。しかし、なかなか捕《つか》まえようとしない。

「どうしたの。持って帰るんじゃないの」

「う、うん……」

どうやら、省吾はカブトムシが怖《こわ》いらしい。仕方がないので、保が捕まえてやると、省吾もおそるおそるカブトムシの胴体《どうたい》をつまんだ。

「どうやって持って帰ろうかなあ」

「お菓子《かし》の袋《ふくろ》に入れて持って帰れば。そいでうちによって、虫かごに入れたらいいよ」

保《たもつ》のアドバイスで、省吾《しょうご》はリュックの中から菓子袋《かしぶくろ》を取り出して、カブトムシを中に入れた。

「まだ、ほかの木にいるかもな」

がぜん元気になった省吾《しょうご》はクヌギ林の中を歩き回りはじめた。

「お、ここにもいるぞ」

省吾が一本のクヌギの根元にしゃがみこんだが、すぐにあとずさりをはじめた。見れば、樹液《じゅえき》のしみだした根元に、カナブンやオスのカブトムシにまじって、オレンジ色の頭を持った大きなハチがとまっていた。スズメバチだ。

あわてて、クヌギ林を抜《ぬ》けだし、だんだん畑のところまで後退《こうたい》する。

「やばかったなあ。スズメバチに刺《さ》されたらいちころだもんな」

「スズメバチがみつを吸《す》いにくるのは日がのぼってからなんだ。だから、夜明けに来ることにしてるんだよ」

「そうか、カブトムシやクワガタは、夜中にみつを吸いにくるのか」

省吾《しょうご》は納得《なっとく》したようにうなずく。

「おまえんちは、いいよなあ。おまえんちだったら、朝早く、ここに来られるもんな」

保《たもつ》の家にたどりついた時には、十時を過ぎていた。

省吾をつれて子ども部屋《べや》にはいると、兄ちゃんがゲームをしていた。

「おまえたち、また山に登ったんだって」

「省ちゃんがカブトムシ捕《つか》まえたんだ」

「あそこに、行ったのか」

兄ちゃんが、ちらりと保《たもつ》をうかがう。

保がこっくりうなずくと、兄ちゃんは軽くため息をついた。

「倉橋《くらはし》、あそこのことは、あんまりしゃべらないほうがいいぞ。天神《てんじん》小学校で、あそこのこと知ってるのは、おれたちだけだからな」

「はい、だれにも言いません」

省吾《しょうご》が神妙《しんみょう》な顔で答えた。

その時、ミャーという声がした。兄ちゃんのベッドから、ネネが顔を出した。

「あ、ネコだ」

省吾がうれしそうな声をあげて、ベッドにかけよる。そっと手をのばすと、ネネが頭をすりよせてきた。そして省吾に抱《だ》かれたまま、気持ちよさそうにのどを鳴らした。

「シロちゃんとおんなじ大きさだなあ」

省吾がうっとりした顔で、腕《うで》の中のネネを見つめていた。

10 兄ちゃんの野外実習

保《たもつ》の家に省吾《しょうご》が遊びにやってくるようになった。カブトムシの飼育《しいく》について、いろいろ教えてほしいというのだ。省吾もわが家でカブトムシを飼《か》いはじめ、飼育箱や、底にしく飼育マットをスーパーで買ってきたらしい。

徹《とおる》兄ちゃんが、気前よく自分の飼っていたカブトムシを、みんな省吾にプレゼントしたから、かなりの数になっているはずだ。省吾はカブトムシの雌《めす》に卵《たまご》を産ませるつもりなのだそうだ。

保が捕《つか》まえるのは雄《おす》ばかりだから、卵は産まない。兄ちゃんも、

「おれも、そんなめんどくさいことしたことがないなあ。ネットで調べてみたら」

気のない返事をする。

もっとも、省吾《しょうご》もそれほど期待しているわけではないらしく、カブトムシのことは、すぐに忘《わす》れて、もっぱらネネやミミと遊んでいる。どうやら、省吾が保《たもつ》の家に来るのは、ネコと遊びたいためらしい。

そういえば、このところ省吾もシロちゃんのことを口にしなくなったし、シロちゃんさがしに出かけようと保を誘《さそ》わなくなった。

保だって、近頃《ちかごろ》はシロちゃんのことは、もう見つからないだろうと、あきらめている。

それでも、朝、学校に行く途中《とちゅう》、資材《しざい》置き場の前を通ると、ふとシロちゃんのことを思い出すことがある。

資材置き場は、今では鉄骨《てっこつ》などの建設《けんせつ》資材の置き場になったらしい。下校時間に通りかかると、奥《おく》の倉庫から長い鉄の棒《ぼう》が運び出され、トラックに積《つ》まれるのを何度か見かけた。

夏休みの四日前、徹《とおる》兄ちゃんが野外活動に出発した。海のそばの野外センターに二泊三日《にはくみっか》の日程《にってい》で泊《と》まりこみ、キャンプなどの野外訓練《くんれん》をするのだそうだ。

三日後の夕方、兄ちゃんが日焼けした顔で戻《もど》ってきた。

「どうだった。おもしろかった」

保《たもつ》の質問《しつもん》に、兄ちゃんは軽くうなずく。

「カッター漕《こ》ぎはきつかったけど、あとは、結構《けっこう》おもしろかったぞ。最初の日はテントに泊まったけど、次の日は浜辺《はまべ》で、段《だん》ボールの箱に寝泊《ねと》まりしたんだ。そいで、海の魚や貝を捕《つか》まえて、たき火で焼いて食べたり、海藻《かいそう》をサラダにして食べたりしてさ。そうそう竹の筒《つつ》でご飯も炊《た》いたんだぜ」

六年生の野外活動が終わると、翌日《よくじつ》は終業式だ。天神町《てんじんまち》小学校は、長い夏休みにはいる。

家に戻《もど》ると、母さんが、居間《いま》で写真の整理をしていた。兄ちゃんが野外活動のあいだにデジカメで撮《と》った写真をプリントアウトしたのだそうだ。

野外センターは、松林《まつばやし》の中に建《た》つ二階建ての長細い建物だ。中で寝泊《ねと》まりはできるが、実習は基本的《きほんてき》に屋外《おくがい》で行われるそうだ。

砂浜《すなはま》には大型のボートが並《なら》んでいた。

「こいつを海におし出して、そいで長いオールで漕《こ》ぐんだけど、いやー、しんどいのなんの。夜中じゅう背中《せなか》が痛《いた》かったなあ」

兄ちゃんがそばから説明する。

「あ、これは最初の日に泊《と》まったテントね。これに六人つっこまれたんだぜ」

見ればビニール製《せい》の三角屋根だけのテントだ。入り口のシートがまくられていて、兄ちゃんの友だちが顔をのぞかせ、右手でV《ブイ》サインをしていた。

「これが、二日目に作った段《だん》ボールハウス」

なるほど、段ボールを組み合わせた小屋型の家が建っている。一応、窓《まど》らしいものがついているが、もちろんガラスもはいっていない。

「これで、何人寝泊《ねと》まりしたの」

母さんがたずねた。

「段《だん》ボールハウスは、三人か四人。班を二つに分けたんだ。おれたちは四人で作って、そいで食い物も四人で集めたんだ」

「ご飯はどうしたの」

「竹筒《たけづつ》にお米を入れて、たき火で炊《た》いたんだよ。結構《けっこう》うまかったなあ」

「ふうん、そこまでやれば本格的《ほんかくてき》ね」

「インストラクターのお姉さんに手伝ってもらったんだけどね」

「蚊《か》とか、虫とかいなかったの」

「蚊はいなかったけど、夜中にフナムシがはいりこんできて、マジ、ビビったなあ」

「フナムシって、海岸の岩なんかをはい回っているやつでしょ。あんなのがもぐりこんでくるなんて、母さんは、ごめんだなあ」

ともあれ、兄ちゃんにとっては、結構《けっこう》楽しい野外活動だったようだ。

省吾《しょうご》がやってきたのは、夏休みがはじまって最初の土曜日だった。

「うちのカブトムシ、卵《たまご》産んだぞ」

保《たもつ》の顔を見るなり叫《さけ》んだ。

「ほんと、もう卵産んだの」

「ああ、飼育箱《しいくばこ》を掃除《そうじ》しようと思って、そこのマットをどけたんだ。そしたらマットの中に、これくらいの白くて丸いものが出てきたんだ。そうだな、全部で十個、いいや、二十個はあった。あわてて埋《う》めたんだけどさ。手でさわっちゃったからなあ。それに卵は、親と別にしたほうがいいのか、兄ちゃんに聞いてくれないか」

玄関《げんかん》で話していたら、兄ちゃんが二階からおりてきた。

「おれも、カブトムシを飼《か》ったことあるけど、雄《おす》ばかりだからな。ああ、そうだ。保《たもつ》サナギは孵《かえ》したことあるぞ。去年、クヌギの根元を掘《ほ》り返《かえ》して見つけたんだ。保《たもつ》も覚えてるだろう」

そういえば、去年の夏、例のクヌギ林でクワガタムシをさがして、木の根元を掘り返していると、カブトムシのサナギを見つけたのだ。早速家に持って帰って、飼育箱《しいくばこ》のマットの中に埋《う》めておいたのだけど、残念ながら成虫にはならなかった。

「あそこにはサナギもいるんですね」

省吾《しょうご》が目を輝《かがや》かせる。

「おれも、サナギ見つけたいなあ」

「二人で行ってみなよ。もう、道はわかってるんだろ」

兄ちゃんが保たちを見回す。

「ううん、たぶんだいじょうぶだと思うけど、でも、やっぱり朝早くないとだめだよねえ」

このあいだは、朝五時に起きて出かけたのだ。

「省《しょう》ちゃん、朝五時にここに来られるの」

「ううん、ちょっとやばいなあ。おれ、夏休みになってから九時起きなんだ」

すると、兄ちゃんが笑いながら言った。

「なら、ここに泊《と》まればいい。おまえ、いつだったか、ここに泊まるって言って、資材《しざい》置き場に野宿《のじゅく》したんだろ」


いったん家に戻《もど》った省吾《しょうご》が、お泊まりグッズをリュックにつめて、保《たもつ》の家にやってきたのは夕方のことだった。もちろん今度はおたがいの親の許可《きょか》が取ってあるから、こそこそする必要もない。

省吾は子ども部屋《べや》の床《ゆか》に布団《ふとん》をしいて寝《ね》ることになった。寝床《ねどこ》を作っていると、ミミとネネが、様子をうかがいにやってきた。省吾が早速ネネを抱《だ》き上《あ》げる。

「ネネちゃん、今夜はおれと寝《ね》ような」

翌朝《よくあさ》、目覚まし時計の音で目を覚ました。二段《だん》ベッドからおりようとしたら、下の段の徹《とおる》兄ちゃんも起き上がった。

「おまえらだけだと、やっぱ心配だからよ。おれも行くわ」

いびきをかいて寝ている省吾《しょうご》をゆすり起こす。階下で顔を洗《あら》い、三人で出発した。

おもては薄暗《うすぐら》かった。東の空が、ようやく桃色《ももいろ》になったくらいで、スズメの声も聞こえない。夏至《げし》を過ぎたので、夜明けがだんだん遅《おそ》くなってきたのだろう。

それでも山道にはいるころには、あたりもいくぶん明るくなってきた。

天神山《てんじんやま》の尾根筋《おねすじ》を越《こ》え、右田《みぎた》側の谷をおり、だんだん畑の跡《あと》に到着《とうちゃく》したのは六時前だった。

早速谷川の向こうのクヌギ林にはいる。

甘《あま》い樹液《じゅえき》のにおいをたよりに一本のクヌギの根元をのぞきこむと、赤黒い背中《せなか》がもぞもぞ動き回っている。カブトムシだ。そっと手をのばして胴体《どうたい》をつかむと、カブトムシは角をふり立ててもがきはじめた。幹《みき》からひきはがし、虫かごにほうりこむ。もう一度樹液《じゅえき》のしみだしているあたりを見回したが、カナブンと赤い斑《はん》点《てん》のある小さな甲虫《こうちゅう》がとまっているだけだった。

保《たもつ》は、山肌《やまはだ》を登りながら樹液《じゅえき》のしみでた木をさがす。このあいだヒラタクワガタを採集《さいしゅう》した木のそばに行くと、今度は三匹《びき》ほどのカブトムシがみつを吸《す》っていた。中に角のないのが二匹いた。雌《めす》のカブトムシだ。これまで雌のカブトムシは、あまり興味《きょうみ》がなかったが、省吾《しょうご》の話を聞いて、保も卵《たまご》を産ませたくなった。

これまた虫かごに入れたところで、あたりを見回した。省吾はかなり上のほうまで登っている。徹《とおる》兄ちゃんはと見ると、谷川のそばにしゃがみこんで、しきりにシャベルを扱《あつか》っていた。兄ちゃんはサナギを捕《と》るつもりらしい。

保も兄ちゃんのそばに行ってサナギ採集を見物することにした。兄ちゃんが掘《ほ》り返《かえ》しているのは、ぼろぼろに崩《くず》れた木の幹の下だった。

「去年もここで見つけたから、今年もいるかなあって、思ったがなあ。もう、みんな成虫になっちまったのかなあ」

兄ちゃんが立ち上がって、あたりを見回す。

「そういやあ、ここは、キャンプ場にぴったりだな。きれいな水も流れているし、木の生えてない平地もあるし……」

そのとき、省吾《しょうご》が戻《もど》ってきた。

「タモちゃん、何匹捕《びきつか》まえた」

「ぼくは、三匹」

「ちぇっ、いいなあ。おれはゼロ匹だぜ。早起きして損《そん》したな」

「はは、せっかくうちに泊《と》まりこんだのに、一匹も捕まえられないんじゃ、あう話じゃないなあ」

兄ちゃんが、冷やかし半分に省吾に言った。

「いっそのこと、ここに泊まりこんで、夜中に捕まえたらどうだ。カブトムシは夜中に活動するから、大猟《たいりょう》まちがいなしだと思うぜ」

省吾《しょうご》がけげんな顔で兄ちゃんを見た。

「ここに泊《と》まるって……。ああ、テント張《は》ってキャンプするんですね」

「テントなんて、持ってないだろう。自分たちで小屋を建てるんだよ」

11 小屋づくり開始

夏休みが、がぜんおもしろくなってきた。なるほど、ここに小屋を建てて泊《と》まりこめば、夜中にカブトムシを捕《つか》まえることができる。なにより、こんな山の中で寝泊《ねと》まりすることができれば最高だろう。

「ねえ、ねえ。小屋を建てるんなら、材料がいるよねえ。それって、やっぱり家から持ってくるの」

保がたずねると、徹《とおる》兄ちゃんは鼻で笑った。

「おまえなあ。どんなちんけな小屋だって、それなりの材料がいるんだぜ。家から運べるわけないだろう」

それから、ゆっくりとだんだん畑を見回した。

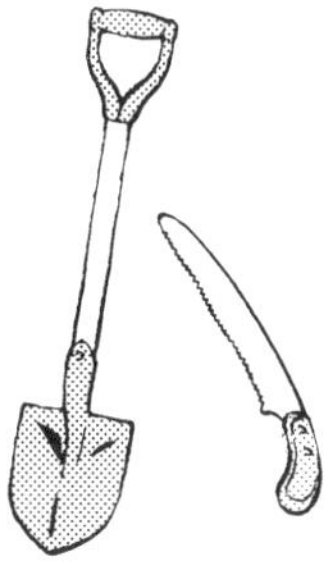

「あそこの竹やぶから竹を切りだして、柱にするんだよ。屋根や床《ゆか》には、竹の葉をしけばいい。問題は、どれくらいの小屋を建てるかだな。三人で寝《ね》られる広さがないといけないし、天井《てんじょう》も低くても一メートル、いいや一・五メートルは、なくちゃあ」

「どんな小屋にするの。山小屋みたいなやつ」

「そんな手間のかかる家を建ててたら夏休みが終わっちまうだろう。テントみたいな三角屋根だけの小屋で十分だ」

「ああ、大昔の人が住んでいた竪穴式住居《たてあなしきじゅうきょ》っていうやつですね」

省吾《しょうご》がうなずきながら答えた。省吾がこんな難《むずか》しい言葉を知っているとは、驚《おどろ》きだ。

「まあ、そんなところだ。材料は、あそこの竹やぶの竹を使うとして、あとは柱をしばるロープとノコギリとかナタ。スコップもあったほうがいいな。道具があれば二日でできるんじゃないの」

兄ちゃんは自信満々だ。

「すごいなあ。おれたちの秘密基地《ひみつきち》だな。今度は焼き肉とか、カレーライスが作れるんじゃないの」

省吾《しょうご》もうれしそうに笑った。

家に戻《もど》ると、朝ごはんもそこそこに、兄ちゃんは、小屋の設計図《せっけいず》を書きはじめた。

まずは竹の柱を組み合わせた骨組《ほねぐ》みを書いた。屋根の頂上までの高さが一・五メートル。底が二メートルの三角形の骨組みを二組作り、これを小屋の前と後ろに立て、三メートルの竹の柱をさしわたせば、三角型の小屋の骨組みが完成するというのだ。

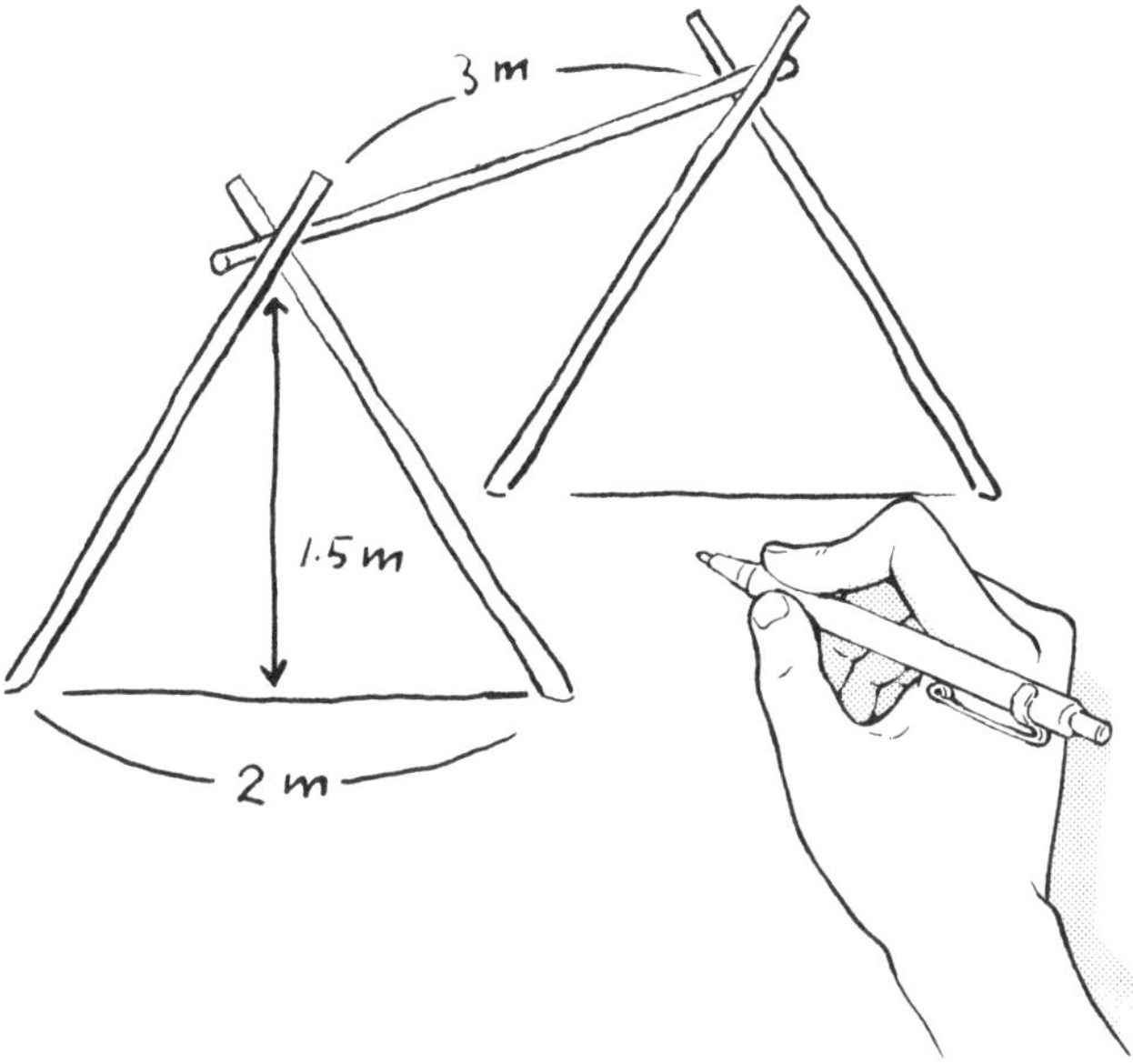

あとは、屋根の部分に細い竹を何本も並《なら》べ、その上に竹の葉をかぶせれば十分雨《あめ》除《よ》けになるという。

「な、かんたんだろう」

徹《とおる》兄ちゃんが、二人を見回した。

省吾《しょうご》はいったん家に戻《もど》り、午後からわが家《や》にある大工道具を持って保《たもつ》の家に来ることになった。保たちも倉庫の中から、のこぎりやナタ、スコップ、それにカマや剪定《せんてい》ばさみを持ち出した。柱をしばるロープは、ビニールの小包み紐《ひも》で間に合わせることにした。紐を切るカッターも用意したし、作業用の軍手も三組持っていくことにした。兄ちゃんは竹の長さを測《はか》るメジャーもポケットに入れた。

昼過ぎ、省吾が自転車でやってきた。

家を出ようとしたら、母さんが声をかけてきた。

「あんたたち、スコップなんか持ちだして、どこに行くの」

「山に小屋を建てることにしたんだ」

徹《とおる》兄ちゃんが、こともなげに答える。

「あら、いやだ。また野宿《のじゅく》するんじゃないでしょうね。このあいだは大目に見たけど、今度はそうはいきませんからね」

「小屋作って遊ぶだけ」

兄ちゃんは、そう言いながら目で保《たも》たちをうながす。

「兄ちゃん、あんなこと言ってだいじょうぶ。小屋ができたらみんなで泊《と》まるんじゃないの」

「もちろん、おれたちで泊まるさ。まあ、まかしときな」

今朝《けさ》は、せいぜい虫かごだけだったけれど、今度は荷物が多い。おまけにこの暑さだ。尾根筋《おねすじ》まで登ると、全身汗《あせ》まみれになった。

尾根の頂上で一休みしたあと、右田町《みぎたちょう》の谷に向かって下る。

「さあ、ついたぞ」

だんだん畑の真ん中にスコップをつき立てると、兄ちゃんがゆっくりとまわりを見回す。どうやら小屋を建てる場所をさがしているらしい。やがて兄ちゃんは軽くうなずいた。

「よし、決まった。小屋はあそこらへんに建てよう」

兄ちゃんが指さしたのは、階段状《かいだんじょう》になった平地の一番高いところだった。

「いいか。まず最初に小屋を建てる場所の草を刈《か》って、地ならしをするんだ。小屋は、だいたいこのくらいの広さだから、このへんの草を刈って、そいで土で土台をつくる」

兄ちゃんは、しゃべりながら、メジャーで長さを測《はか》り、スコップの先を使って大きな長方形を描《か》きはじめた。

これが小屋の大きさなのだろう。

保たちは、カマを使ってまわりの草を刈りはじめた。草むらからバッタやキリギリスがあわてて飛び立つ。

敷地《しきち》の草刈りがすむと、今度は小屋のまわりに溝《みぞ》を掘《ほ》る仕事が待っていた。兄ちゃんが敷地《しきち》の四隅《よすみ》に木の枝《えだ》を立てて、これに小包み紐《ひも》を張《は》った。

「いいか。この紐に沿《そ》って、溝《みぞ》を掘《ほ》るんだ。そいで、掘り起こした土を敷地の内側にしきつめる」

こうすれば小屋の床《ゆか》が高くなり、雨が降《ふ》っても水が小屋の中にはいってこなくなるのだそうだ。

これは結構厄介《けっこうやっかい》な仕事だった。溝の長さは三メートルと二メートル。草の生えていた地面がやたらに硬《かた》くて、なかなか掘り起こせない。おまけにスコップは一本しかない。

三人交代でスコップを握《にぎ》るのだが、太陽がじりじり照りつける中での作業だから、すぐに汗《あせ》まみれになってしまう。二十分間で作業を交代ですることにして、日陰《ひかげ》にしゃがみこむ。持ってきたペットボトルはたちまち空《から》っぽになってしまった。思い切って谷川の水を飲んでみると、これがおいしかった。谷川の水でのどをうるおし、キリギリスの声を聴《き》いていると、少し元気が出てきた。

小屋の整地がすんだのは、午後三時半だった。今日《きょう》の作業はこれでおしまいにして、道具は竹やぶの中に置いて帰ることにした。

「明日《あした》から、いよいよ小屋作りだからな。省吾《しょうご》、明日は七時におれんちに来い。ああ、弁当も忘《わす》れるな」

兄ちゃんが言うと、省吾は、

「ちょっと早すぎない」

異議《いぎ》を唱《とな》えたけれど、兄ちゃんににらまれて、すぐにこっくりうなずいた。

次の日も上天気だった。セミの大合唱《だいがっしょう》に迎《むか》えられて山道を登り、だんだん畑についたのは、七時半だった。

今日からいよいよ本格的《ほんかくてき》な小屋づくりだ。

兄ちゃんにつれられて平地のそばにある竹やぶに向かった。太さが十センチはあるだろう。立派《りっぱ》な竹がうっそうとしげっていた。

まず徹《とおる》兄ちゃんが、端《はし》っこの竹の根元にしゃがみこんでのこぎりを使いはじめた。

兄ちゃんが切りはじめると、目の上の竹の葉がざわざわ音を立てて揺《ゆ》れはじめた。やがて、ざーっという音と共に、高い竹が平地のほうに倒《たお》れてきた。

「一丁上《いっちょうあ》がりってとこだな。おまえらで小屋のところまで運んどいてくれ」

保《たもつ》たちに命令すると、兄ちゃんはすぐさま次の竹を切りはじめた。

十メートル近くある長い竹を省吾《しょうご》と二人でひきずり、なんとか小屋の敷地《しきち》まで運んだ。

運び終えたとき、背後《はいご》で夕立のような音が聞こえ、高い竹が葉っぱをざわつかせながら畑のほうに倒《たお》れこんできた。兄ちゃんは早くも二本目を切り倒したらしい。

休む間もなく、二本目の竹を敷地まで運ぶ。そして三本目、四本目。兄ちゃんが作業をやめたのは、五本目を切り倒したときだった。

さすがにくたびれたらしい。兄ちゃんは大きな息をつきながら、タオルで首すじや顔を何度もぬぐっている。

「これで、小屋の骨組《ほねぐ》みはできるからよ。あとは、枝《えだ》をはらって竹の柱に仕立てるんだ」

五本の竹は、先っちょのほうに何本もの枝がはりだし、葉が生《お》いしげっている。これを一本一本はらって、柱にしなくてはならない。兄ちゃんはナタ、保《たもつ》と省吾《しょうご》は柄《え》のついた剪定《せんてい》ばさみを使って、枝をはらっていくことにしたが、これがなかなか厄介《やっかい》だった。竹の葉の先が顔や手足に触《ふ》れると痛《いた》い。根元のほうから一本一本切りはらっていく。そして刈り取った葉を敷地《しきち》のそばに積《つ》み上げた。これは、あとから小屋の床《ゆか》にしいたり、屋根を葺《ふ》くのに使うのだ。

五本の竹がきれいな竹竿《たけざお》になったときは、お昼近くになっていた。

12 嵐《あらし》のあと

保《たもつ》たちの弁当《べんとう》は、母さんが作ってくれたおにぎりだけど、省吾《しょうご》の弁当はコンビニで買ってきたものらしい。保がたずねると、省吾は苦笑《にがわら》いした。

「おれんちの昼飯は、いつもコンビニで買ってくるんだ。店があるから、昼飯なんか作ってるひまがないからな」

弁当を食べると、いよいよ小屋の組み立てがはじまった。

兄ちゃんは、まずは小屋の図面をひろげて、竹の柱の長さを確《たし》かめる。

「小屋の高さが一・五メートル。そいで幅《はば》が二メートル。ていうことは、屋根の外枠《そとわく》の長さが一・八メートルとちょっとになる。ただし、外枠の柱は、少し余裕《よゆう》を持たせたほうがいいから、左右三十センチほどずつ長くしなくちゃあいけない。

あとは屋根の上にさしわたす柱が、三メートル。これも左右に余裕《よゆう》を持たせて三・六メートルになる」

兄ちゃんが、図面のあちこちを指さしながら、竹の長さを説明してくれたが、保《たもつ》にはさっぱりわからなかった。

「で、竹は何本いるの」

「だから、まずは入り口と奥《おく》の三角形の枠《わく》を組み立てるから、二・四メートルの竹が四本。それに三・六メートルの長いやつが一本あればいいんだ」

兄ちゃんは、竹の柱のそばにしゃがみこむとメジャーを使って長さを測《はか》り、それぞれの竹にマジックでしるしをつけていった。

「おまえたち、このしるしのところを切んな。いいか、まっすぐ切らないとだめだぞ」

兄ちゃんに言われて、保と省吾《しょうご》で竹を切りはじめた。

竹は中が空洞《くうどう》だから、わりと切りやすい。たちまち一本切り終えて、次の竹に

向かう。十分もすると、五本の竹を切り終えた。
切り終えた竹を地面に並《なら》べて、三角の形にする。これが入り口と奥《おく》の壁《かべ》の骨組《ほねぐ》みになるのだ。兄ちゃんがふたたびメジャーを使って長さを測《はか》り、てっぺんのほうを交差させ、これまたマジックでしるしをつけた。交差させた箇所《かしょ》をノコギリとナタを使って、凹型《おうがた》のくぼみを作る。こうすると二本の竹がきっちり組み合わされるのだ。
二本の支柱《しちゅう》をV《ブイ》の字型に交差させ、先端《せんたん》を小包み紐《ひも》でぐるぐる巻《ま》きにしばりつけた。これを敷地《しきち》の端《はし》っこの溝《みぞ》に立てて、先端《せんたん》をスコップでたたいて地面に埋《う》めこんだ。

今度は後ろ側に同じようにV《ブイ》の字型の枠《わく》を埋めこむ。それが終わると二組の骨《ほね》組《ぐ》みに三メートルあまりの竹をさしわたし、両側を紐《ひも》でしばりつけた。

目の前に三角形の小屋の骨組みができあがった。

「すげー。本物の小屋みたいだ」

省吾《しょうご》が感嘆《かんたん》の声をあげる。

「ばーか、本物の小屋を建ててるんじゃないか」

徹《とおる》兄ちゃんが笑いながら顔の汗《あせ》をぬぐう。

小屋の骨組みができあがったので、今度は屋根の作業にとりかかった。まず、屋根の部分に、竹の棒《ぼう》を何本も縦横《たてよこ》に組み合わせ、これを内側から紐で結んでいくのだ。これに竹の葉をしきつめれば立派《りっぱ》な屋根になる。

竹の棒を十センチ間隔《かんかく》で縦に並《なら》べ、頂上の竹竿《たけざお》にしばりつける。これがすむと、

今度は横に並《なら》べて縦《たて》の棒《ぼう》に結んでいくのだが、これが結構厄介《けっこうやっかい》だった。保《たもつ》と省吾《しょうご》が小屋の端《はし》っこに立ち、真ん中に徹《とおる》兄ちゃんが立って、それぞれ目の前の竹の棒を結んでいくのだが、一番高いところは一・五メートルもあるから、両手をいっぱいにのばして、ようやく手が届《とど》くくらいだ。たちまち腕《うで》がくたびれてしまった。

それでもなんとか片側《かたがわ》の屋根が完成した。

「ちっ、小包み紐《ひも》がなくなっちまった」

兄ちゃんが舌打ちをした。見れば、丸く巻《ま》いてあった新品の小包み紐がきれいになくなっていた。

「しょうがないなあ。今日《きょう》は、ここまでにするか」

兄ちゃんが腕時計を見た。もう四時近くになっていた。

小屋作りをはじめて三日め、両側の屋根の骨組《ほねぐ》みができあがり、これに竹の葉の束《たば》をしきつめ、これまた小屋の内側から紐でしばっていった。

屋根ができあがったので、今度は奥《おく》の壁《かべ》と、入り口のしきりを作ることにした。風通しをよくするため、どちらもビニールのカーテンをたらすことにした。

その日の午後、ついに小屋が完成した。

三人で小屋の中にもぐりこみ、竹の葉をしきつめた床《ゆか》に寝転《ねころ》ぶ。竹の葉がチクチクして痛《いた》い。

「ねえ、ねえ、これじゃあ寝られないよ。葉っぱの上になにかしいたほうがいいよ」

保が言うと、兄ちゃんもうなずいた。

「やっぱ、ビニールかなにかしいたほうが寝心地《ねごこち》がいいな」

明日《あす》は、小屋の中を整えることにして、その日は家に戻《もど》った。

「あんたたち、毎日毎日、勉強もしないで、なにしてるのよ」

家に帰ったとたん、母さんの機嫌《きげん》の悪い声が飛んできた。

「だから、山の中に小屋を作ってるんだ。なんなら母さんも見に来たら」

徹兄《とおる》ちゃんが、にこにこ笑いながら答えた。

「いやよ。山の中なんて、虫がいっぱいいるんでしょ」

「うん、蛇《へび》もいるよ」

これは真っ赤なウソ。これまで蛇なんて、見たこともない。

母さんは、ますます顔をしかめた。

「明日《あした》からは八月なんですからね。遊んでばかりいると、夏休み終わっちゃうわよ」

母さんは生き物が嫌《きら》いだ。公園なんかに出かけても、草むらには絶対《ぜったい》はいらない。

「母さんは来ないから、安心しな」

母さんがいなくなったとたん、兄ちゃんが保《たもつ》にささやいた。

毎日小屋作りをしているせいだろう。ベッドにはいると、とたんに眠《ねむ》くなった。

どれくらい寝《ね》ていたのだろうか。だれかに体をゆすられて、目が覚めた。部屋《へや》の中は真っ暗だ。

窓《まど》ガラスががたがた揺《ゆ》れる音がしている。それといっしょに、ザーザーという雨音が聞こえた。

部屋《へや》が明るくなった。兄ちゃんが明かりをつけたのだ。窓際《まどぎわ》に立っている兄ちゃんの後ろ姿《すがた》が見えた。

「ひどい雨だなあ。風も吹《ふ》いてる」

兄ちゃんが小声でつぶやいた。

「いつから降《ふ》りだしたの」

「知らない。目が覚めたら降ってたんだ。小屋だいじょうぶかなあ」

枕《まくら》もとの時計を見ると、まだ三時だった。

「屋根に竹の葉をかぶせてるから、だいじょうぶなんじゃないの」

「まあな。紐《ひも》でしばっておいたから、風が吹《ふ》いても飛ばされないと思うけど……」

兄ちゃんが明かりを消した。

翌朝《よくあさ》になると雨はやんで、日がさしていた。午前七時、いつものように省吾《しょうご》がやってきた。

「昨夜《ゆうべ》はすごい雨が降《ふ》ったんだってな。おれ、ちっとも知らなかった」

省吾があくび交じりに言う。

山道は昨夜の雨で、ぬかるんでいた。ぬれた雑草《ざっそう》が足にまといつき、気持ちが悪い。

やっとのことで、小屋のある谷にたどりついた。さいわいなことに、小屋は無事だった。屋根にしきつめた竹の葉も吹き飛ばされていない。ただ、まわりに掘《ほ》った溝《みぞ》に水がたまっていた。

「ほら見ろ、おれの設計《せっけい》は完璧《かんぺき》だろう」

兄ちゃんが満足そうに言ったが、小屋の中にもぐりこんだとたん、悲鳴をあげた。

小屋の中にしいた葉っぱが、びっしょりぬれている。おまけに天井《てんじょう》からぽたぽたと雨のしずくがたれてくるのだ。あわてて三人とも小屋の外に逃《に》げだした。

「竹の葉は、雨を通さないと思ったけどなあ」

兄ちゃんが、竹でふいた屋根を見回す。

保《たもつ》も同じ気持ちだった。せっかく苦

労して作った小屋だが、雨がもるような屋根では仕方がない。

「雨が降《ふ》らない時に泊《と》まればいいんじゃないかなあ」

省吾《しょうご》が提案《ていあん》したが、兄ちゃんは首をふった。

「昨夜《ゆうべ》みたいに、夜中に降りだしたらどうするんだよ。だいたい雨もりするような小屋なんて、秘密基地《ひみつきち》といえるのか」

兄ちゃんとしては、雨風にも負けない小屋を建てたつもりだったにちがいない。

その日は、屋根の竹の葉をみんなはがし、小屋の中にしきつめていた葉っぱも、小屋の外に出した。こうすれば小屋の中にも日ざしがはいり、土も乾《かわ》くだろう。

なんだか、みんな疲《つか》れてしまい。それ以上なにもする気がしないまま家に戻《もど》った。

「あら、今日《きょう》は早かったのね。雨上がりだからあまり遊べなかったのね」

なにも知らない、母さんがそんなことを言ったけど、兄ちゃんも保《たもつ》も、だまって二階に上がった。
もしかしたら、兄ちゃんは小屋作りがいやになってしまったのかもしれない。

13 只ちゃんの作戦

翌朝《よくあさ》は、久《ひさ》しぶりに朝寝《あさね》した。今日《きょう》は山に行く予定もないので、夏休みの宿題をすることにした。毎日小屋づくりばかりしていたから、宿題はほとんど手をつけていない。夏休み帳の最初のページを開いた。国語の問題がずらりと並《なら》んでいる。長い文章を読んで、あとの問いに答えるのだ。

国語はあまり好きじゃない。長い文章を読んでいると、頭の中がこんがらがって、いったいなんのことが書いてあるのかわからなくなる。問題のほうも、「主人公の気持ちを表している文章に傍線《ぼうせん》を引きましょう」なんて、これまたわけのわからないことが書いてある。

自分の気持ちだってよくわからないのに、他人の気持ちがわかるわけがない。

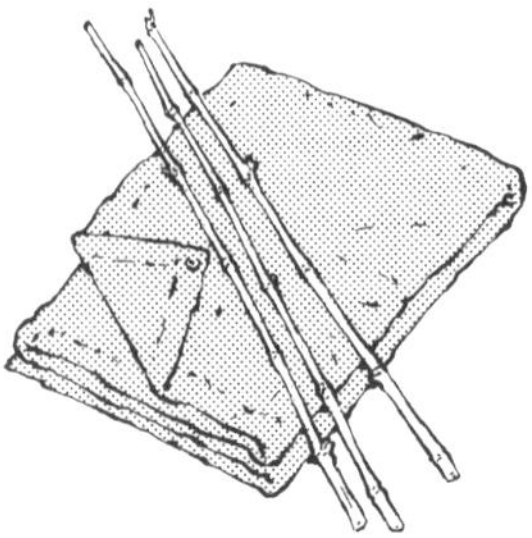

三十分もすると、頭が痛《いた》くなってきた。兄ちゃんはというと、となりの机《つくえ》で、熱心に算数の問題を解《と》いていた。これは学校の宿題じゃなくて、塾《じゅく》の宿題らしい。

そういえば、今日《きょう》は土曜日だから、塾のある日だ。坂本《さかもと》先生は普段《ふだん》はやさしいが、宿題を忘《わす》れるとすごい声で怒鳴《どな》るのだそうだ。

学校の勉強だけでもたいへんなのに、兄ちゃんは、塾でも勉強しているのだから、たいしたものだ。おまけにカブトムシを捕《つか》まえるのも上手《じょうず》だし、あんな小屋まで建てたのだ。

午後になると、兄ちゃんは坂本先生のアパートへ出かけていった。父さんは今日もゴルフだし、母さんも買い物に出かけた。

保《たもつ》がエアコンの効《き》いた居間のソファーに寝転《ねころ》んでいると省吾《しょうご》がやってきた。

「今日は山に行かないんだろ。ネネちゃんと遊んでもいいか」

省吾の目当てはネコだったらしい。

「いいけど。でも、ネネはいないよ。ミミなら、ここにいる」

「なら、ミミでもいいや」

早速ソファーに座《すわ》りこんで、そばに寝《ね》そべっていたミミを抱《だ》き上《あ》げた。ミミは迷惑《めいわく》そうにしているが、省吾《しょうご》はおかまいなしにミミを膝《ひざ》の上に抱っこして頭をなではじめた。ミミも仕方なく省吾の膝の上でおとなしくしている。

「あの小屋、どうするんだろう。兄ちゃん、なんか言ってたか」

省吾がネコの頭をなでるのをやめて、保《たもつ》をふりかえった。

「べつに……」

「ようするに雨もりしないようにすればいいんだろ。だったら屋根ごとビニールシートでおおっちまえばいいんじゃないかなあ」

「ビニールシートねえ」

「一昨年《おととし》だったかなあ、台風で屋根の瓦《かわら》が飛んでさあ。そいで、修理《しゅうり》が終わるまで、ビニールシートをかぶせてたときがあったんだけど。小屋の屋根もビニールシートをかぶせると雨がもらないんじゃないの」

そういえば、三年前に大きな台風がやってきて、保《たもつ》の家でも瓦《かわら》が飛んだことがある。修理《しゅうり》の人が来るまで、父さんが屋根に青いビニールシートをかぶせるのを見た記憶《きおく》があった。

「あのビニールシート、今でも家にあるから持ってこようか」

「どうかなあ。ビニールシートの屋根なんて、兄ちゃんいやがるかもしれないよ」

「どうして……」

「だって、山小屋らしくないじゃないか。それに、兄ちゃん、昨日《きのう》からへんなんだ。がっくりきちゃってさ。もしかしたら小屋をつくるのやめるかもしれない」

「なんでだよ。兄ちゃん、小屋のこと一番熱心だったじゃないか」

「雨もりがショックだったんじゃないの」

「しようがないだろう。竹の葉っぱじゃあ、雨がもるってこと、わかんなかったんだから」

「自分の設計《せっけい》がまちがってたからショックなんじゃないの」

「だから、雨もりしないようにビニールをかぶせるんだよ。そうすりゃあ、あの小屋に泊《と》まれるんだぞ」

そうだ、保《たもつ》たちがなぜあんな山の中に小屋を作る気になったのか。自分たちだけの秘密基地《ひみつきち》が持ちたかったのだ。そして、秘密基地に泊《と》まりこんで、子どもたちだけの夜をすごす。

「わかった。兄ちゃんに話してみる。ああ、それから広いビニールシートは、うちにもあると思うからさ。省《しょう》ちゃんが持ってこなくてもいいと思う」

夕方塾《じゅく》から戻った兄ちゃんに、保は早速ビニールシートのことを話した。兄ちゃんは、だまって聞いていたが、やがてのこと軽くうなずいた。

「まあ、それしかないだろうなあ。竹の葉でいくらおおってもだめだろう。屋根のてっぺんから雨がはいりこむんだからな。ついでに床《ゆか》もビニールシートをしいてもいい。そうすりゃあ地面から水が上がってくることもないだろう」

「兄ちゃんも賛成《さんせい》なんだね」

「賛成もなにも、それ以外に方法はないんじゃないの」

兄ちゃんが、ちょっと笑った。


日曜日、今日《きょう》も保《たも》たちは七時過ぎに家を出かけた。家にあった青いビニールシートを二枚《まい》持ち出し、丸めて紐《ひも》で束《たば》ねたのを三人で代わりばんこに肩《かた》にかついで山道を登った。

二日間の晴天で、山道はすっかり乾《かわ》いていた。小屋の床《ゆか》の土も白く乾いていた。

運んできたシートのうち、広いほうをひろげて屋根にかぶせる。長さも幅《はば》も十分すぎる広さがあった。余分《よぶん》なシートは、屋根の両側にひろげ、重石《おもし》をいくつも置いた。これだけでは、風に飛ばされそうなので、シートの上から縦横《じゅうおう》に竹をさしわたし、これも紐《ひも》でしばって、シートがはがれないように工夫した。

屋根が仕上がったところで、ちょうどお昼になった。小屋の床《ゆか》にもう一枚《まい》のシートをしいて座《すわ》りこむ。

ビニールシートは、けっこう厚かったが、シートを通して、夏の強い日ざしが小屋の中までさしこんでくる。小屋の中はどこもかしこも青く見えた。

弁当《べんとう》は、小屋の中で食べることにした。青い弁当箱の中から青いおにぎりを取り出して食べるのは、なんともおかしな気分だ。

「やっぱりおもてで食べるか」

兄ちゃんが弁当箱を持って立ち上がった。

青いおにぎりに食欲《しょくよく》がなくなったのだろう。

省吾《しょうご》は今日《きょう》もコンビニの焼き肉弁当だった。

お昼がすむと、入り口のドアを作ることにした。ドアといっても、遠足用の小さいビニールシートをたらすだけなのだが、これが結構面倒《けっこうめんどう》だった。入り口の竹《たけ》枠《わく》に端《はし》っこを巻《ま》きつけ、これをガムテープでとめる。これだけでは、風にあおられるので、たれさがったシートの両側に石の錘《おもり》をくくりつけた。

ビニールシートをまくりあげて中にはいる。奥行《おくゆき》三メートル、幅《はば》二メートル。真ん中の一番高いところは、一・五メートルある。

「ようし、これで完成だな。あとはここに道具を持ちこんで泊《と》まりこみだ」

兄ちゃんが満足そうに小屋の中を見回す。

「おれたちだけで、泊まるんですか」

省吾が兄ちゃんにおうかがいを立てた。

「あたりまえじゃないか。ここはおれたちだけの秘密基地《ひみつきち》だぞ」

「だけど、おれんち、親が許《ゆる》してくれないかも……。親にないしょで資材《しざい》置き場に泊まった時、ずいぶん叱《しか》られたからなあ」

これは保《たもつ》もおんなじだ。あのときは、なんとか許《ゆる》してもらえたが、今度はたぶん無理じゃないだろうか。

「おまえら、せっかく小屋を作ったんだろう。これからが本番なんだからな」

「また、ないしょで道具を持ち出すの」

兄ちゃんが、にやりと笑った。

「だいじょうぶ。おれに作戦があるんだ。こいつがうまくいけば大いばりで、ここに泊《と》まりに来ることができるさ」

「そんな作戦があるの」

「まかしとけって。ただ、今日《きょう》、明日《あす》ってことにはならない。そうだな。四、五日はかかるだろう。ま、そのあいだに泊まる準備《じゅんび》をしとけばいい。なにが必要か、これから家に戻《もど》って考えよう」

兄ちゃんは自信満々だ。でも、いったいどんな計画なのか。

保《たもつ》がたずねたが、兄ちゃんは首をふった。「そいつは、まだ秘密《ひみつ》だな。でも、うまくいけば、大いばりでここに泊《と》まりに来ることができるさ」

小屋も完成したので、この日は早めに家に戻《もど》ることができた。

保の家で、これから準備《じゅんび》する道具について、省吾《しょうご》もいっしょに考えることになった。

まず、三人分の寝具《しんぐ》だが、これはタオルケット一枚《まい》あれば十分だろう。山の中なので、もし、寒いようなら、長袖《ながそで》の上着を一枚持っていって、これを着て寝《ね》ることにした。

「天井《てんじょう》からつるす懐中電灯《かいちゅうでんとう》が二本、夜中に外に出る時のために、もう二本くらい用意しよう」

「蚊取《かと》り線香《せんこう》や殺虫剤《さっちゅうざい》もいるよ。ああ、虫よけスプレーもあったほうがいいと思うな」

徹《とおる》兄ちゃんが、必要な品物を次々ノートにメモする。

「飯は、野外実習でやったように、竹筒《たけづつ》で炊《た》けばいい。あとの料理は携帯《けいたい》コンロで作ろう」

「ねえねえ、夕飯はカレーがいいなあ。そいで朝はご飯の残りでおにぎり作ってさ。それからウインナーを焼いて、卵焼《たまごや》きを作るの」

「薬も持っていったほうがいいよ。怪我《けが》したり、おなかが痛《いた》くなるかもしれないだろう」

みんなが次々提案《ていあん》するから、たちまちノートのページはいっぱいになった。

14 山小屋の一夜

兄ちゃんが話した秘密《ひみつ》の計画というのが、いったいどんなことなのか、保《たもつ》にもわからない。兄ちゃんはというと、月曜日の午後出かけていき、翌日《よくじつ》もまた出かけた。夕方になって、兄ちゃんが電話してきた。キッチンで夕飯の準備《じゅんび》をしていた母さんが電話に出た。

「徹《とおる》、どうしたの。ええ、坂本《さかもと》先生が……。わかったわ。どうぞおいでくださいって、お伝えして」

電話を切った母さんが、けげんな顔で保をふりかえった。

「これから坂本先生がお見えになるんだって」

坂本先生といえば、兄ちゃんの塾《じゅく》の先生だ。塾の先生が、なぜ家庭訪問《ほうもん》するのか、母さんにわけを聞いたけれど、母さんも知らないと答えてから、大急ぎで居《い》間《ま》の片《かた》づけをはじめた。

十分もすると、玄関《げんかん》のドアが開いて、兄ちゃんが戻《もど》ってきた。兄ちゃんの後ろにジーンズにT《ティー》シャツ姿《すがた》の男が立っていた。坂本先生だ。

母さんが、坂本先生を出迎《でむか》えて、居間に案内した。

「とつぜんお邪魔《じゃま》してすみません」

坂本先生は、ぺこりと挨拶《あいさつ》すると、すすめられるままにソファーに腰《こし》を下ろす。となりに兄ちゃんも腰かけた。

「いつも徹《とおる》がお世話になります。どうですか、ちゃんと勉強してますでしょうか」

母さんが麦茶のコップをすすめながら、坂本先生の黒い顔をうかがうようにながめる。

「ええ、まじめにやっておられますよ。算数はよく理解《りかい》されてますが、国語のほうをもう少し頑張《がんば》ってくれるといいんですがね。まあ、二学期になって読解力《どっかいりょく》をつけてもらうつもりです」

最初のうちはそんな話題だったが、やがて坂本《さかもと》先生がえへんと咳払《せきばら》いした。

「ところで、森田《もりた》さんは徹《とおる》くんが、右田町《みぎたちょう》の山の中に秘密基地《ひみつきち》を作っておられるのをご存《ぞん》じですか」

「え、ええ、このところ毎日のように山に出かけるので、いったいなにをしているのかと聞いたら、山に小屋を建ててるんだと申しておりました」

母さんが答えると、坂本先生も軽くうなずいた。

「お母さんもご存じなら好都合《こうつごう》です。じつは、ぼくも、徹くんに案内してもらって、小屋を見てきたんですが、いやあ、なかなか立派《りっぱ》な小屋でしてね。子どもだけで、よくあれだけの小屋を作ったと感心しました。あれなら、数人で寝泊《ねと》まりできそうです」

坂本先生は、そこで徹兄ちゃんをふりかえった。

「本人もあの小屋に泊まりたいと言っているんですがねえ」

とたんに母さんが、首をふった。

「それはちょっと……。子どもたちだけで、そんな山の中の小屋に泊《と》まらせるわけにいきません。その小屋がどこにあるのかも知らないんですよ」

「場所は、そんなに遠くないんです。この先の山を越《こ》えた、右田町《みぎたちょう》側の谷筋《たにすじ》なんです。そうですね、山越えして三十分ですかね」

「とにかく子どもたちだけで、行かせるわけにいきません」

母さんが、きっぱりとした顔で言ったとたん、兄ちゃんが口を開いた。

「坂本《さかもと》先生も泊まってくれるんだって」

母さんは、まず兄ちゃんの顔を見たあと、坂本先生のほうに向いた。

「ぼくも小屋を見て、一度泊まってみたいと思いましてね。ぼくは大学のワンゲル*に所属《しょぞく》しておりますし、つねづね子どもたちにアウトドアの体験をさせたいと思っていたんです。で、今回、徹くんたちに、山の中で寝泊まりを体験してもらい、もし、これがうまくいけば、今後塾の特別学習に野外訓練《くんれん》をさせてもいいな

*ワンダーフォーゲル部。野外活動を行う部の略称。

と思っているところなんです」

「山の小屋に泊《と》まるのが勉強なんですか」

「学校でも野外実習をされたんでしょう」

「ええ、まあ……。それで、坂本《さかもと》先生もごいっしょに泊まられるんですね」

「野外での食事の作り方や、小屋の中でのすごし方など、指導《しどう》するつもりです」

坂本先生が、そこでじっと母さんの顔をのぞきこんだ。

「そうですねえ。先生に指導していただけるのなら……。あの、それって徹《とおる》だけでしょうか。塾《じゅく》の生徒さん全員おつれになるんですか」

「今回は、徹くんと弟さん、それに弟さんのお友だちだけつれていきます」

坂本先生が戻《もど》っていくと、母さんは保《たもつ》たちをキッチンのテーブルに座《すわ》らせた。

「いいこと、坂本先生に絶対《ぜったい》ご迷惑《めいわく》をかけないようにするのよ。とくに保は、まだ四年生なんだからね。危《あぶ》ないところには行かないこと。それじゃあ、母さんは省吾《しょうご》くんの家に行ってくるからね」

母さんが出かけたとたん、保《たもつ》はさっそく兄ちゃんに質問《しつもん》した。

「坂本《さかもと》先生もいっしょに泊《と》まるって、いつ決めたの」

「べつに決めちゃいないぞ。泊まるのはおれたちだけ。先生は小屋を見に行っただけさ」

「だって、今度の日曜、先生もいっしょに泊まるんでしょ」

「だから、先生は来ないって。でも、保護者同伴《ほごしゃどうはん》じゃないと、うちのおふくろも省吾の親も許可《きょか》しないだろう。だから、先生にたのみこんで、うそついてもらったんだ」

保はたまげてしまった。坂本先生が母さんに話したことは、みんなうそだったということになる。

なぜ坂本先生は、そんなことをしたのだろう。塾《じゅく》の生徒の親をだまして、なんの得《とく》があるのだろう。

「ああ、そのことか。坂本《さかもと》先生、ゲームが好きなんだ。そんでもって、昨日《きのう》『魔《ま》宮伝説《きゅうでんせつ》』の対戦ゲームして、負けたほうが勝ったほうの言うことを聞くって約束したわけ。で、おれが勝ったから、うちのおふくろを説得してもらったのさ。もっとも、小屋だけは見ておきたいっていうから、山につれていったけどな」

「で、兄ちゃんが負けたらどうなってたの」

「国語の宿題を倍に増《ふ》やすってことになってた」

翌日《よくじつ》から山の小屋に、荷物を運びこむことにした。今回はおおっぴらに道具を調達できるから楽だ。調理道具や寝具《しんぐ》も母さんがそろえてくれた。

日曜日の午後、食料品をつめたリュックをかついで、わが家を出た。坂本先生は、もう先に行って、かまどを作っているということにした。

いよいよ秘密基地《ひみつきち》での生活がはじまった。

谷川から石を拾ってきて、かまどを作る。ごはんは、両側に節《ふし》を残した竹筒《たけづつ》を半分に割《わ》って、お米と水を入れ、竹のふたをして火にかける。これは兄ちゃんが野外活動で習ってきたやり方だ。

カレーも最初は鍋《なべ》で煮《に》ることにしていたが、竹筒《たけづつ》ご飯に手間取《てまど》ったので、結局インスタントのカレーにすることにした。お湯も携帯《けいたい》コンロで沸《わ》かして、これにカレーの袋《ふくろ》を入れて温めた。

夕食の用意が整ったのは、五時過ぎだった。まだあたりは明るかったが、食べることにした。

小屋の前にシートをしいて、竹筒を並《なら》べる。竹筒のご飯は底のほうがおこげになっていた。カレーのルーは一度にかけないで、少しずつ竹筒のご飯にかけて食べることにした。

竹筒で炊《た》いたご飯は、ほんのり竹の香《かお》りがする。

「うまいなあ。家のご飯よりうまい」

省吾《しょうご》がなんども声をあげた。

竹筒《たけづつ》ご飯は、とても一度に食べきれない。残りはおにぎりにして、明日《あす》の朝食にすることにした。

兄ちゃんは、かまどの下の火種《ひだね》に土をかぶせて、念入りに消している。野外生活で一番気をつけなくてはならないのが火の始末なのだそうだ。

あと片《かた》づけがすむと、兄ちゃんがスコップを小屋の入り口につっ立てた。

「小便は、適当《てきとう》なところですればいいけど、大きいほうは、小屋の下手《しもて》のほうに穴《あな》を掘《ほ》ってすること。スコップはいつもここに立てとけよ」

小屋の中は、まだ明るかった。それぞれ食後のデザートをリュックから取り出して、床《ゆか》の真ん中にひろげる。チョコ菓子《がし》やポテトチップスをほおばり、麦茶でのどをうるおしながら、おしゃべりした。

ふいに兄ちゃんが顔をしかめ、右手の甲《こう》をたたいた。

「おい、蚊《か》がいるぞ。蚊取り線香《せんこう》つけよう」

小屋の中は、暑苦しいので、入り口の垂《た》れ幕《まく》を巻《ま》き上げたままだ。だから蚊がはいってきたらしい。早速蚊取《かと》り線香《せんこう》を焚《た》き、スプレーを小屋中にまいた。蚊も退治《たいじ》したところで、おしゃべりを再開《さいかい》。気がつくと小屋の中が暗くなっていた。天井《てんじょう》の懐中電灯《かいちゅうでんとう》をつけると、小屋の中は明るくなったが、入り口からのぞくと、おもてはすっかり夜になっていた。ここは谷底だから日の暮《く》れるのが早いのだろう。

「ねえ、ねえ。だいじょうぶかなあ。母さん、ぼくらの様子を聞くため、坂本先《さかもと》生に電話するんじゃないの」

保《たもつ》が兄ちゃんにおうかがいを立てると、兄ちゃんは、坂本先生がうまくごましてくれるからだいじょうぶだと請《う》け負《お》った。

八時になると、眠《ねむ》くなってきた。今日《きょう》もよく働いたからだろう。

ライトを消して、三人並《なら》んで横になる。暗くなったとたん、おもてから虫の声が聞こえはじめた。虫は前から鳴いていたのだろうが、おしゃべりしていたから聞こえなかった。

「ああ、夏休みも、もうすぐ終わりだなあ」

兄ちゃんが軽くため息をつく。

「でも、まだ半分以上あるよ」

「ばーか、そんなこと言ってるうちにすぐにおしまいになっちまうんだ。それにこの小屋に泊《と》まれるのも今夜だけだろうな」

「ええ、そんなー。こんな立派《りっぱ》な秘密基地《ひみつきち》作ったんだよ」

「親が許《ゆる》すもんか。今度だって、坂本《さかもと》先生に迷惑《めいわく》かけたんだからな。もし、泊まりたかったら、おまえらで親をだまくらかす作戦を立てるんだな」

「おれたち、子どもたちだけでちゃんとやってますよねえ。だったら、許してくれてもいいのになあ」

省吾《しょうご》が、ため息交じりに言った。

「中学になるまで、我慢《がまん》しな。もっとも、中学になったら、こんなところに泊まる気にはならないかもしれない」

夜中に目が覚めた。麦茶を飲みすぎておしっこに行きたくなったからだ。枕《まくら》もとの自分用の懐中電灯《かいちゅうでんとう》を持って、そっとおもてに出る。見上げると、夜空いっぱいに星が輝《かがや》いていた。左右を山に囲《かこ》まれているせいかもしれない。真っ暗な空に、きらきら星が瞬《またた》いている。

そういえば五月に資材《しざい》置き場で野宿《のじゅく》した時も、星がきれいだったが、あの時の夜空と、今夜とでは比《くら》べ物《もの》にならないくらい星の数が多い。保《たもつ》はおしっこするのも忘《わす》れて、素晴《すば》らしい星空をながめ続けた。

15 さようなら秘《ひ》密《みつ》基《き》地《ち》

今朝《けさ》は七時に目が覚めた。朝ごはんは、ウインナーと卵焼《たまごや》きをフライパンで焼き、おにぎりといっしょにおもてで食べた。

八時過ぎ、家に戻《もど》ると、母さんが飛び出してきた。

「お帰りなさい。どうだった。八時過ぎに先生にお電話したら、もう、みんな寝《ね》てますって。くたびれてたのね」

母さんが保《たも》たちの後ろに目をやった。

「先生はごいっしょじゃないの」

「うん、もう先に帰っちゃった」

「まあ、お礼を言いたかったのに……」

それから、母さんが、じろりと保《たもつ》たちを見回した。

「あんたたち、倉庫のブルーシートも持ち出してるでしょう。父さんが昨日《きのう》、ブルーシートをさがしてらしたわよ。そろそろ台風シーズンだから、あれがないと、屋根の応急修理《おうきゅうしゅうり》ができないって。ちゃんと持って帰ってね」

「わかった。今日《きょう》の午後、持って帰る」

兄ちゃんは、そう言いながら保と省吾《しょうご》をふりかえった。

「今の聞いたろ。屋根のビニールシート、昼飯食ったら、屋根をひっぱがしに行くからな」

屋根がなくなれば、あの小屋は使いものにならない。兄ちゃんが言ったとおり、もうあの小屋に泊《と》まることはできなくなるということだ。

昼ご飯を食べて、ふたたび山に登った。

小屋の中には、持ちこんだものが、まだ残っていた。それらをひとまとめにしたのち、最後に屋根のシートをはがした。

屋根のなくなった小屋は、なんともみすぼらしい。これでは秘密基地《ひみつきち》でもなんでもない。

「でも、楽しかったなあ。おれ、山の中で寝《ね》たのはじめてだもの」

省吾《しょうご》がしみじみとした口調でつぶやく。それから、不意に叫《さけ》んだ。

「忘《わす》れてた。夜中にカブトムシ捕《と》りにいくんだった」

そうだ。そもそもこの小屋に泊《と》まる目的は、夜中にカブトムシを捕《つか》まえるためだったのだ。

「残念だったなあ。でもよ、カブトムシって、この時期になると、もうあまりいないからよ。あきらめな」

ビニールシートをたたみながら、兄ちゃんが笑った。

小屋の道具は一度に運べなくて、結局二度も往復《おうふく》することになった。

すっかりくたびれて、ベッドに横になっていると、階下から母さんの声がした。

「保《たもつ》、水島《みずしま》さんから電話よ」

電話口に出ると、かおりのはずんだ声が聞こえた。

「タモちゃん、大ニュース、大ニュース。シロちゃんが見つかったわよ」

一瞬《いっしゅん》なんのことかわからなかった。

「あたし、シロちゃん、見つけたの」

シロちゃんが、子ネコだということに、ようやく気づいた。

「どこにいたの。ほんとにシロちゃんなの」

「まちがいないわ。天神東町《てんじんひがしまち》の大きな家のネコになってたの」

「て、いうことは、野良《のら》ネコじゃないんだね」

「そう、庭で子どもと遊んでた」

「ほんとにシロちゃんだったのか。べつのネコじゃないのかなあ」

「だから、あんたも確《たし》かめてみなさいよ。そうだ、倉橋《くらはし》もいっしょに、これから見に行きましょう」

天神東町は、天神様の東にひろがる町だから、西町《にしまち》からかなりはなれている。

シロちゃんがいなくなって、もう三か月たっているから、かなり大きくなっているはずだ。

十分もしないうちに、かおりが自転車に乗ってやってきた。省吾《しょうご》にはすでに電話して、天満宮《てんまんぐう》の入り口で待ち合わせることにしていた。

天満宮の参道《さんどう》の下まで来ると、省吾はすでに到着《とうちゃく》していた。

「シロちゃんが見つかったって」

「ええ、山根《やまね》さんていう家に飼《か》われてるの。素敵《すてき》な首輪もしてたわよ」

「おまえ、どうやって見つけたんだ」

「あたしねえ、あれから何度も町の中をさがし回ったの。夏休みになってからも町の中を自転車で回って、白いネコを見ませんでしたかって、たずねてたのね。そしたら、やっと情報《じょうほう》がはいったのよ。そいで、昨日《きのう》見に行ったってわけ。そしたら、ほんとにいたのよねえ。あれは、シロちゃんにまちがいないわ」

かおりが興奮《こうふん》した口調でしゃべりたてた。

「とにかく、その家に行ってみよう。東町《ひがしまち》なら、こっちでいいんだな」

省吾《しょうご》が自転車を発車させた。

かおりの案内でついたところは、東町の高台にある大きな家の前だった。低い垣根《かきね》の内側が前庭になっていて、その奥《おく》に青瓦《あおがわら》の二階屋が建っていた。

前庭に木蓮《もくれん》の木が葉をしげらせ、木かげで幼稚園《ようちえん》くらいの女の子が人形で遊んでいた。そのそばに真っ白なネコが一匹《ぴき》寝転《ねころ》んでいる。ネコは眠《ねむ》っているらしい。

「あのネコよ。シロちゃんにまちがいないわ」

かおりがささやく。なるほどネコの大きさは、保《たもつ》の家のネネと同じくらいだ。眠っているので、目の色はわからないが、長いしっぽもシロちゃんと同じだ。

不意に省吾が声をあげた。

「ちょっと聞いてみるんだけどさあ。そのネコ、おまえんちのネコかい」

女の子が顔を上げた。それからこっくりうなずいた。

「ちょっと、ここまでつれてきてくれないか」

省吾《しょうご》の言葉に、女の子がかたわらのネコを抱《だ》き上げて垣《かき》のそばまでやってきた。青い目のネコだった。

「あのね、そのネコ、もしかしたら迷《まい》子《ご》だったんじゃないの」

今度はかおりがたずねた。

「迷子……」

「そう、このあたりをうろうろしてたんでしょう」

とたんに女の子は首をふった。

「ちがうよ。パパがお友だちからもらってきたの」

「それって、いつごろのこと」

女の子はちょっと首をかしげたが、やがて首をふった。

「わかんない。この子が小さいころよ。それであたしがクルミって名前つけたの」

その時、家のほうから、女の人の声がした。

「エリちゃん、そろそろおうちにはいんなさい。アイスがあるわよ」

「はーい」

女の子は、ネコを抱《だ》いたまま、回れ右をして、そのまま家の中にかけこんでしまった。

保《たもつ》たちはしばらくのあいだ、女の子のかけこんだ玄関《げんかん》を見つめていた。

「どうするよ。家の人に聞いてみようか」

省吾《しょうご》が保の顔をうかがう。

もし、あのネコが迷子《まいご》のネコだとしても、本当にシロちゃんかどうか。それに、もしシロちゃんだとわかったとしても、この先、どうすればよいのか。

「シロちゃん、この家でかわいがられてるみたいだよ。それにもし、戻《もど》してもらっても、ぼくらじゃあどうしようもないもの」

保《たもつ》がゆっくりと言うと、省吾《しょうご》は少しのあいだ考えこんでいたがやがて軽くうなずいた。

「そうだな。秘密基地《ひみつきち》もなくなっちまったもんな。あそこなら、シロちゃんを飼《か》えたかもしれないけど……」

「ねえ、ねえ、秘密基地ってなんなのよ」

かおりが横から質問《しつもん》してきたが、省吾はうるさそうに手をふった。

「女には関係ねえよ」

「あら、それって男女差別じゃないの」

「ちがう、ちがう。これはぼくと省ちゃんだけの秘密なんだ。それよりシロちゃんのこと、どうする」

保がたずねると、かおりも、

「そうね。あの子は、この家で飼《か》われたほうが幸せよね」

と、言った。

夏休みは、あと二日でおしまいになる。

保《たもつ》たちは、あれから一度山越《やまご》えをして、秘密基地《ひみつきち》を見に出かけたのだが、竹で作った小屋の枠組《わくぐ》みは、そのまま残っていた。

「来年、修理《しゅうり》して、もう一度泊《と》まってもいいなあ」

省吾《しょうご》は、そう言うけれどはたして母さんが許可《きょか》してくれるかどうか。

子どもって不自由だなあ。保はつくづく思う。でも、中学生くらいになれば、母さんも許《ゆる》してくれるかもしれない。

それに六年になれば、野外活動もある。野外活動でいろんなことを訓練《くんれん》すれば、もっと立派《りっぱ》な秘密基地が建設《けんせつ》できるかもしれない。

ともあれ、今は夏休みの宿題をやることだ。

保は、机《つくえ》に向かい、夏休み帳のページをめくりはじめた。

作◉那須正幹（なす・まさもと）

1942年、広島県に生まれる。1978年に刊行された『それいけズッコケ三人組』からはじまる「ズッコケ三人組」シリーズ（第23回巌谷小波文芸賞、ポプラ社）は、時代をこえて子どもたちの心をとらえてはなさないロングセラー。そのほかのおもな作品に、「お江戸の百太郎」シリーズ（ポプラポケット文庫）、『ヨッちゃんのよわむし』（ポプラ社）、『少年たちの戦場』（新日本出版社）などがあり、絵本の作品に、『絵で読む広島の原爆』（西村繁雄・絵）『塩田の運動会』（田頭よしたか・絵、ともに福音館書店）、『ねんどの神さま』（武田美穂・絵、ポプラ社）など多数ある。

絵◉黒須高嶺（くろす・たかね）

埼玉県出身。イラストレーター、挿絵画家。児童書の仕事に『最後のオオカミ』（文研出版）、「あぐり☆サイエンスクラブ」シリーズ（新日本出版社）、「なみきビブリオバトル・ストーリー」シリーズ（さ・え・ら書房）、『パイロットのたまご』（講談社）、『日本国憲法の誕生』（岩崎書店）などがある。

ノベルズ・エクスプレス 41

秘《ひ》密《みつ》基《き》地《ち》のつくりかた教《おし》えます

2018年8月　第1刷
2019年8月　第4刷

作　那須正幹
絵　黒須高嶺
発行者　千葉 均
編集　門田奈穂子
発行所　株式会社ポプラ社
〒102-8519　東京都千代田区麹町4-2-6　8・9F
電話（編集）03-5877-8108
（営業）03-5877-8109
ホームページ　www.poplar.co.jp

印刷・製本　中央精版印刷株式会社

ブックデザイン◉楢原直子（ポプラ社デザイン室）

ISBN978-4-591-15953-8 N.D.C.913 / 183p / 20cm

落丁本・乱丁本はお取りかえいたします。
小社宛にご連絡下さい。電話 0120-666-553
受付時間は月～金曜日、9:00～17:00（祝日・休日をのぞく）。

読者の皆様からのお便りをお待ちしております。
いただいたお便りは著者にお渡しいたします。

P4056041

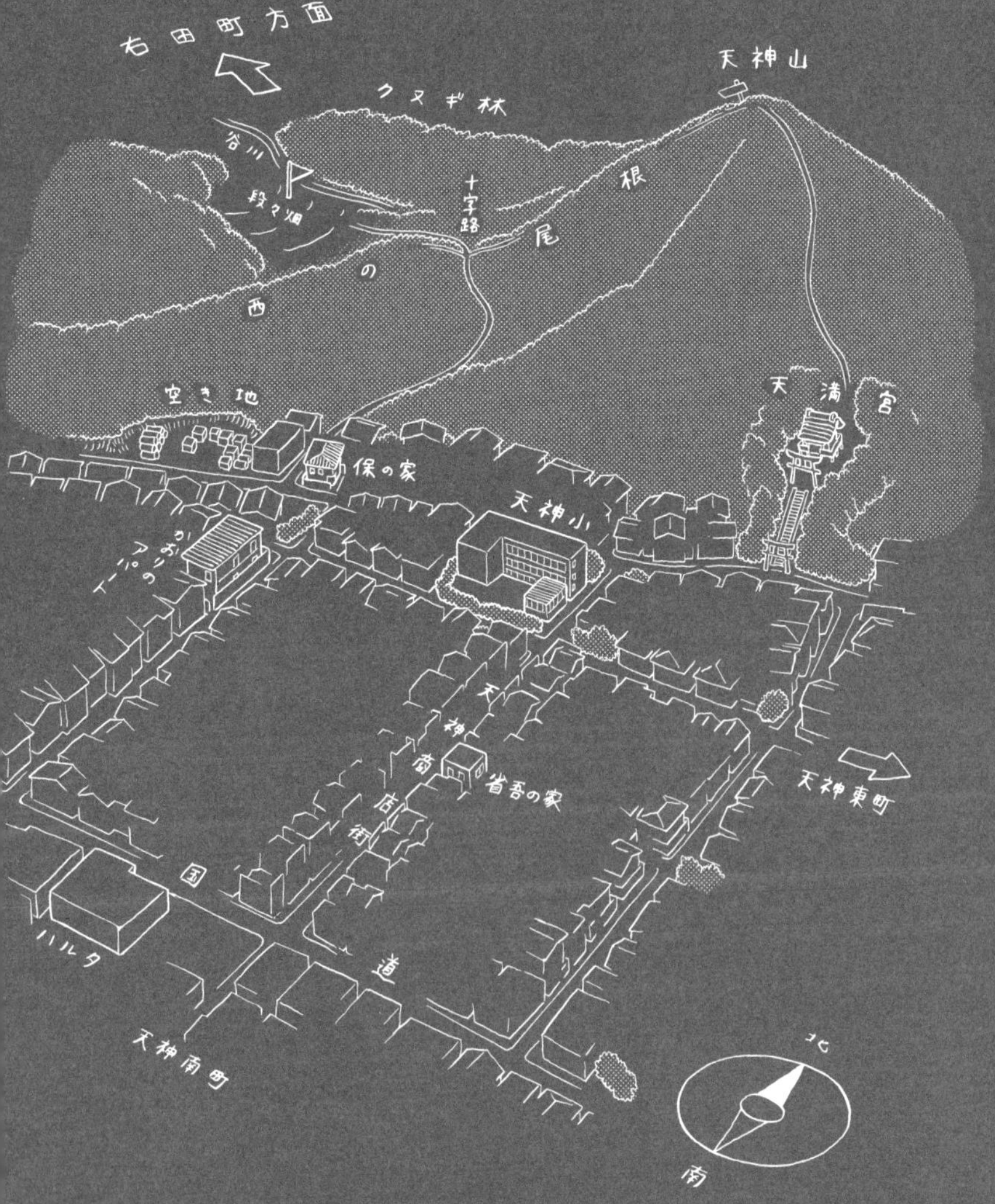
右田町方面
天神山
クヌギ林
谷川
段々畑
十字路
西の尾根
空き地
天満宮
保の家
天神小
かおりのアパート
天神商店街
省吾の家
天神東町
国道
ハルタ
天神南町
北
南